*...penso,
logo
insisto...*

Luciana Dias

...penso, logo insisto...

COPYRIGHT©Luciana Dias

CONCEPÇÃO GRÁFICA, EDITORAÇÃO E CAPA
Guto Chaves

ILUSTRAÇÕES E PRÉFACIO
Monica San Galo

FOTOGRAFIAS
Arquivo pessoal Luciana Dias

REVISÃO
Luciana Chaves

CIP – Brasil. Catalogação-na-Fonte
Sindicato Nacional dos Editores de Livros, RJ

D532p
Dias, Luciana
 ... Penso, logo insisto ... / Luciana Dias ; [ilustração de Monica San Galo]. - São Paulo : Aquariana, 2012.
 152p. : il. ; 23 cm

 ISBN 978-85-7217-149-6

 1. Crônica brasileira. I. Título.

12-2912.		CDD: 869.98
		CDU: 821.134.3(81)-8
04.05.12	11.05.12	035237

Direitos reservados
Editora Aquariana Ltda.
Rua Lacedemônia, 87 S/L - Jardim Brasil
04634-020 - São Paulo-SP
Tel.: (11) 5031-1500 / Fax: (11) 5031-3462
vendas@aquariana.com.br
www.aquariana.com.br

Para Dona YARA minha mãe,
JÔ... amiga sempre fiel,
e ISABELLA (Bebella) afilhada amada.

Um dia um colega de faculdade me presenteou com um acróstico. Pra quem não sabe, acróstico é aquela forma poética muito antiga, onde a gente forma uma palavra verticalmente com as letras iniciais ou finais de cada verso. Ao receber o presente com meu nome eu ri e comentei que aquilo tinha um gostinho de adolescência, de tempos felizes, quando a gente enchia cadernos com declarações de amor, fotos, desenhos de amigos, corações flechados, coisas assim...

E hoje, pensando nessa delícia que é ler coisas da vida de Luciana Dias escritas por ela, me lembro dos tais cadernos, e do presente desse amigo.

Luciana Dias é uma menina. Ontem, hoje e sempre será uma menina. Tem alma de menina, jeito de menina, crenças de menina. Sem que isso a deixe levitar, sem que isso lhe tire os pés do chão, conhece bem a realidade da vida em todas as suas faces, inclusive e principalmente algumas muito duras.

Conheci Luciana muito jovem, quando ancorava o programa 7+7, exibido pela Band Bahia. E fui logo me encantando por aquela pessoa determinada a ser e estar feliz no mundo. Era uma energia, uma "fazeção" de coisas, era pauta, era texto, era incenso, era filosofia, eram gravações externas, figurinos e maquiagens. De tudo ela cuidava e supervisionava com um apuro sério e divertido ao mesmo tempo, a menina sabia o que fazia e isso era encantador. Ainda criança, minha filha que me acompanhava nessa visita voltou para casa decidida a ser Luciana Dias quando crescesse.

Em outro momento, vejo Luciana Dias empenhada em promover artisticamente uma capela pobrezinha na cidade de Lençóis, Bahia, enchendo de cores e desenhos as paredes do templo. Fazia isso com tanta vontade que ficávamos, eu e os outros artistas à sua volta boquiabertos com aquela menina novidadeira e resolvida que levava escadas de cá pra lá, latas de tinta, pinceis e olhos que brilhavam loucamente contagiando todo mundo.

Gosto do otimismo doce de Luciana, de sua fé inquebrantável, de um jeito meio de fada que a cerca, sempre fico à espera de que ela saque uma varinha de condão e saia fazendo mágicas lindas ao mesmo tempo em que, Sherazade moderna, conta histórias de mil e um Dias.

Li os textos originais que ela me mandou. Ela gosta de correio de verdade, que nem eu. Aliás, Luciana Dias é tão de verdade quanto é de sonho. Me emocionei, me diverti, sofri também e rapidamente acabei a leitura, lamentando que tivesse sido tão rápida.

Que nem quando lia num abrir e fechar de olhos aqueles cadernos adolescentes, cheios de corações flechados, acrósticos, pensamentos, poesias, declarações de amor e amizade.

Boa sorte, fada Lu.

Mônica San Galo

Luciana Dias por Luciana Dias

Luciana Dias ...*penso, logo insisto*...

Nota do Autor

Quando comecei a juntar os capítulos criados e dar asas ao SINCERÃO (blog), nunca imaginei até onde aquela "indignação" de romance fracassado me levaria e fui escrevendo assim, não de uma vez, mas deixando fluir... nas férias de verão, um pouco no outono, inverno e primavera... porções de lembranças e contos que não deveriam ser escondidos e senti, ser a hora de compartilhar.

Quando pequena dizia que escreveria livros a meus pais, mas isso nunca se tornou de fato concreto, tempos atrás, cheguei a assinar com uma grande editora, na época do meu programa OI BRASIL, mas como tinha que escrever, não fluía... o "tinha", veio do **ter que**... e me deixou sem nenhuma inspiração. Fui viver na Chapada Diamantina, para ver ser lá as linhas brotariam então.

Assim meio afastada de tudo e todos de uma vez, buscando o encontro interior, no lugar mais propício que meu lado racional conseguia escolher, mas a vida da gente não acontece assim como se imagina... **tinha que ser**, eu, fui viver... fazer caminhadas, tomar banho de cachoeira e rio, deixar os pensamentos pra lá e tentar finalmente me encontrar... não deu, antes do primeiro dia amanhecer, já estava apaixonada outra vez, e sem querer escutar nem a mim nem a mais ninguém, deixei os planos que me levaram pra lá, em segundo lugar... e fui viver esse amor... que nunca me amou, mas aí a história começa a ganhar sentido afinal.

"Que dedo podre você tem para escolher namorado", lembro de ter ouvido minha mãe dizer, mas será que os problemas estavam só neles e não em mim?

Como julgar alguém, sem se sentir julgada também? Vai ver, tudo tinha que ser exatamente assim, para eu poder agora, anos depois, finalmente escrever o que tem sentido passar adiante, com histórias, contos, poemas, desabafos, contendas... num clima SINCERÃO?!!! Porque sincera aprendi a ser de fato, no ato, assim que nasci... e por causa disso, houveram sempre boatos sobre e/a respeito de mim, uns me amavam, outros odiavam, mas ninguém passava incólume por mim, bênção ou maldição, ou apenas uma profusão sintética de uma alma poética contida aqui dentro de mim?

Vai saber? Melhor é ler, escrever e pensar no que se há de fazer! Amores vem e vão, mas sempre me deixam mais forte, mais esperta, embora magoada, ás vezes desesperada, isolada. Aprendi e cresci, até o ponto de não me expor mais assim tão fácil a ninguém, só aquele que um dia... aí já é parte de outro tema, poema, de fato das páginas seguintes que estão por vir...

Entre na minha vida um pouco, pra "se ver" também, somos todos assim antagônicos e iguais, o que pode te chatear, pode ser o que me faz feliz, e vice e versa, mas leia sem pressa, porque nas entrelinhas pode haver exatamente aquilo que você sem saber, está a procurar, e certo é... que irá encontrar aqui, ou em qualquer lugar, quando abrir o coração e parar de tanto pensar, só sentir e andar...

Seja bem vindo, está na hora de entrar...

Férias

Localização: numa das praias mais bonitas do país, sentada... deitada... literalmente, "na rede", on, all line (time) como um amigo insiste em dizer...

Por que escrever? Porque não? Público alvo?

Quem for fisgado, flechado... iscado... (palavra estranha) não deve existir, gostei, acho que inventei!

Um amigo, diz que preciso enxugar, editar meus textos, mas e o contexto tá bom?

Passei parte da minha vida editando, cansei de enxugar...

aqui posso escrever o que quiser, e quem quiser, edita, cola, copia ou deleta por mim... enfim, os fins justificam os meios?

Talvez, adoro esse português novo sem acento, quando troco de teclado, lap ou mac... tudo se vai, falta um chip tecnológico mais moderno, o meu ainda analógico... lógico, nasci na década de setenta... tenta entender essa geração pra ver (?!)

Meio pós tudo...?!...<%$#@*

Pós-moderna, pós-punk, pós-hippie, pós-graduada, contextualizada, engajada, meio verde, neo liberal, meio coisa e tal.

Nasci, aliás de uma forma bem truncada, adoooro esse capítulo.

Não bastasse trocarem a cidade, a maternidade, a data, trocaram o **nome** também, não dava para sair nada certo... ou certo é ser mesmo assim?

Trocaram o meu nome, meu enxoval foi feito e bordado, com o parto sendo esperado para **Fabiana**, impossível não ser bipolar... no meio do caminho, meu pai ouvindo rádio sozinho (com a tal música a cantarolar) danou de querer inventar novidade, e achando que **Luciana** era muito mais legal... registrou e ponto final.

Cheguei ao mundo dia 11 de fevereiro, registrada no dia 15 como se o 15 fosse a data real. A cidade também trocada, será que fui adotada? Meu irmão garantiu até minha puberdade que sim, e o pior, minha mãe não tinha um retratinho sequer do barrigão de gestante, e na estante sobravam fotos do primogênito desde a noite em que o óvulo e o esperma se encontraram no meio, que exagero... rs.

Ainda pequena, com tanta dúvida a respeito de mim, procurava nos outros algo ou alguém no qual me espelhar, minha mãe e pai não paravam de viajar e vivi boa parte da infância com meus avós; meu avô sempre de terno, elegante, eloquente, inteligente e poeta... também tinha ares de atleta e adorava caminhar, eu para passear dizia que amava, mas aquelas pernocas pequenas doíam fingindo que podiam o vovô Alencar, acompanhar...

Ele assobiava, fazia verso e prosa, nêga maluca e farofa como ninguém, minha vó muito exigente, só a via vistosa, sempre cheirosa, meio esnobe, parecia que não notava nada além de si mesma ou ninguém... os anos provaram que eu era ingênua e não percebia o poço de histórias que aquela linda senhora, guardava em si e para nós.

Histórias felizes, de tempos abundantes, histórias assombrosas de tempos distantes, histórias sofridas por mim não vividas e por ela jamais esquecidas, porém, não era assunto pra se ter com ninguém.

Vó Mariinha, ainda sinto seu cheiro de colo, de abraço gostoso e olhar carinhoso que tanta, tanta falta me faz.

Saí da rede sentei-me na cama, porque é um tanto desconfortável teclar e observar o que está sendo posto na mesa, ali na varanda... o cheiro é bom, mas tenho que esperar alguém me chamar, lugares marcados até na mesinha de plástico na praia... ainda tenho que calçar sandália, que de hawaiana não vou...

Ser caipira tem dessas coisas. Coisas com gosto de casa, de bicho, de empregada, de lembranças de noites enluaradas, que insistem em vir...

Será que é a idade, essa bendita que quer me fitar??? Hoje é dia de **Nossa Senhora da Conceição**, tenho uma tia com esse nome, mas só porque nasceu meio estranha, teve uma vida esquisita, meio escondida e também soberana... um pouco tirana... rasgou uma vez com gilette (G2 ou G3?) a cortina de bola da sala, eu fiquei tão assustada, que até hoje não coloco cortina em nenhum lugar. Será essa a causa?

Descobri mais algo de mim, é por isso que escrevo, para ver se me encontro entre um ponto aqui, um pouco acolá.

Aconselho... é divertido e faz fluir, coisas que foram... gente também, lembrei da música do Paralamas que diz... " tendo a lua, aquela gravidade aonde o homem flutua... o céu de Ícaro tem mais poesia do que o de Galileu... a casa fica bem melhor assim..." não lembro direito da parte da música queria lembrar... lembrei..."eu hoje joguei tanta coisa fora..."

Nossa essa é do tempo do Tota!

Adoro os tempos "mudernos", imaginando que daqui cem anos, melhor, dez... já serei quase jurássica. Juro que o tempo anda passando mais rápido, mas embora já tenha lido a respeito também, posso acrescentar outro link (?) pra quem quiser procurar, eu mesma estou ligada no cheiro que vem da cozinha... e nada de ninguém me chamar...

Então, por que escrevo? Pra ver se me acho, talvez?

Hoje ouvi a música e parafraseando a letra, me sinto um pouco ressentida... não desesperada da vida, rs, só com o time atrasado e um galo na cachola virado, passada uma pneumonia assim... "tomática"... (dessa forma fica mais bonita a escrita) e meu amigo Walter, vai rir de mim duas vezes, uma pela lentidão da "esperta"... outra por estar tentando a veia poética que tanto fugi e me apraz.

Agora Yarinha me chama e vou poder almoçar, inté mais!

Depois do almoço... (arroz de frango ao curry delicioso com água de coco).

Voltei, ás vezes acho engraçado minha mãe dizer, "tempos difíceis," e no almoço surpreende a cada dia seus pimpolhos roliços com iguarias sem fim, e olha que deixei de comer o mousse de caju que ontem era sorvete... mousse frozen, isso deve engordar, rs.

Mas cá entre nós, a essa altura, ninguém mais está ligando pra gordura... que gastura, lembrei que o um amigo me chamou de grande, que no nordeste é igual a forte, roliça mesmo talvez. Nem estou, só de pino e osso, metade do peso se vai... tá.(?)

Lembrei agora de ter visto no Jô uma vez, a entrevista com uma moça do Piauí, falando que o ex (dela), assim se declarara depois de anos tentando na alcova, meio igual a Almodóvar uma declaração de amor:

(Ela) Amor, vc me ama?

(Ele) "avalie sujeita, se a gente se apega até a um animal..."

(e o casamento acabou afinal...)

Lembrem disso quando forem perguntar a procedência do suposto/a ...

É de onde???

Se for do nordeste, não se avexe... tem dessas pérolas, mas tem outras coisas também... umas delicadezas inesperadas, que valem aguentar as mazelas... e "avalie", virou desde então para mim, um chavão!

Encontrar sem procurar

Queria que as palavras ganhassem significados brilhantes e que fossem mais constantes em traduzir o quanto suas linhas escritas me fazem feliz!

Comecei a escrever porque era o que se esperava de mim, mas acabei entendendo que isso não tem princípio ou fim, escrever é uma forma de gravar com palavras aquilo que sinto e ás vezes nem consigo demonstrar com um sorriso, um olhar...

Ajuda a conectar quem está distante e assim lendo, fica aqui... perto... de mim.

Queria traduzir sentimentos com palavras jogadas aleatórias nas linhas quebradas por pontos, vírgulas e exclamações!!!

Encontrei alguns alguéns para quem escrever ao longo, não quero expor nem a mim nem a ninguém, mas fico feliz também lendo, sendo assim especial para algum alguém...

Ás vezes sinto o tempo do verbo errado, meio gerundio, meio passado...

Ás vezes queria ter alguém aqui ao meu lado, calado...

Ás vezes abro um e-mail como uma carta, sorrio e falo pra mim... é assim que deve ser, será? Talvez? Vai ver, já é!

Como saber afinal?

Frio na barriga, bochechas vermelhas, mãos suadas... uma saudade daquilo que nem foi vivido, certeza que o tempo sofrido não voltará mais?

Quem sabe... eu sei, e lá vem tudo de novo outra vez...

Amar é incondicional, que tal?

Será que cabe espaço para essa dor?

Amar dói? Não, amar dói, mais quando deixa de ser a dois e passam a ser três... dói mais uma vez.

Onde encontro aquele por quem esperei a vida inteira? Estará ele aqui?

Existirá de fato, nesse mesmo tempo e lugar?

Onde está o sentido?

Quem souber pode falar, escrever... eu vou ler, prometo tentar entender, e atender o telefone quando ele tocar!

Ah amar, a quem mais? A todos, a tudo e alguns alguéns mais, nada de olhar para trás...?

Será que encontro aquele que procura assim tão somente a mim? Vou ter coragem ou medo quando encontrar?

Vou reconhecer, pelas mãos ou pelo olhar?

Na foto dá pra adivinhar? Pressentir? Sentir afinal?

Acredito que sim, e assim aqui estou... sem procurar sei que vou encontrar mais uma vez o amor...

...penso, logo insisto... Luciana Dias

Canoa Quebrada

Confesso ter guardado só para os mais íntimos e familiares aquele que foi durante anos, um dos nossos esconderijos, nosso revigorante lugarzinho especial.

Canoa Quebrada que é muito mais que uma praia paradisíaca, sim parece o paraíso... mas o que a torna inesquecível e especial, como quase em todos os outros lugares encantadores do mundo, são as pessoas de lá!

A gente de Canoa nos faz sentir em casa, meio fazendo parte da família... é claro que nesses últimos anos com a chegada de tantos "forasteiros" os "nativos" como eles ainda se denominam, mudaram um pouco.

Depois de tantas trocas de presentes, o passado e o futuro se misturaram e viraram um samba do "criolo doido", mas com bossa, ritmo, leveza, alguns toques de gentileza, uma beleza!!!

Já tivemos por lá nossa própria Gretchen, uma confraria no banco... dos Cornos, Marcela do Todo Mundo, Entrega do Oscar, Herói Nacional, Dragão do Mar, Zé Melância, Dona

Cocota, o Astral, ainda temos o Jura, Jota Jota, Saúde, o Congay a cada reveillon, e temos ainda a nossa própria "Bróduei"!

Antes tínhamos também, que descer ao pé das dunas para ir caminhando até a aldeia... os lampiões, as labirinteiras...

As meninas continuam sonhando com um futuro melhor, sonhando com maridos, namorados, príncipes encantados e muitas os encontraram, outras perderam por lá... sofreram...

Tantos sonhos misturados e idiomas somados, criaram uma gama de gente mestiça, bonita, sorridente, viajada!

Em Canoa é mais comum uma criança passar férias na europa do que conhecer outra capital brasileira, além daquela onde se pegou o avião.

Campeonato de gamão internacional, acontece todo dia, sentar e misturar uns três idiomas a cada conversa é tão normal...

E tem a festa, que já é de praxe, todo 06 de janeiro, abrem-se alas e baús para o grande festejo do Paulo Rogério, que ninguém sabe ou explica direito porquê da promessa, mas ele todo ano faz uma grande festa, onde todos viram reis e rainhas ou o que queiram virar, já que o tema é livre e a fantasia está sempre no ar!

Por Canoa já passaram cavalheiros, nobres poetas, alguns atletas, artistas, arteiros, alguns macumbeiros, profetas, gente da dieta, arruaceiros, macrobióticos, missionários, outros guerreiros, novelas, padres, regueiros, filmes e muitos estrangeiros, baladeiros, sanfoneiros, loja de tudo também... teve suicida, alguns homicídas, outros até hoje prisioneiros, uma galera de paz, os seresteiros, gente séria, gente da gente, gente que mente, gente festeira. Igreja tem um bocado, assim como o pecado, futebol e barco pesqueiro. Tem casamento que dura, vida dura no casamento, gente que chega amando e sai odiando, gente que encontra o amor, tem anedota, potoca, jogo do bicho, gente com crucifixo, a galera do deixa disso, pão dormido, cerveja gelada, tem a dona Pelada, homem sarado, meio afeminado, gente que corre, alguns que morrem, gente famosa, gente sebosa, cabelo enrolado, salão com ar condicionado, comida de todo canto, algum pranto, doce enfeitado, bar mal assombrado, castelo encantado e um céu sempre estrelado!

Acidentes acontecem, milagres também...

Já faz algum tempo que venho ensaiando pra dividir um dos capítulos mais importantes da minha vida, e por diversas razões ainda não consegui... então mãos a obra, coragem e pé no chão!

Numa dessas minhas idas e vindas, estava eu no interior de Minas Gerais, quando recebi uma telefonema, desses que te deixam contente...

Precisavam da minha presença em Salvador nos dias seguintes para uma gravação, mas eu tinha acabado de chegar da Bahia e ido até Tiradentes de carro, levando parte da mudança, minha mãe de carona, Sarah e Mané (meus fiéis cães de guarda), um CD de Ana Carolina que insistia em tocar, enquanto eu choraaaaaava, lembrando de um ex-namorado, que tinha deixado na Chapada Diamantina e com o qual, eu vivia a terminar.

1.500 km rodados e chorados, divididos num carro apertado entre sonhos, malas e um coração partido. Jurava que tinha achado o amor afinal, e vai ver que durante um tempo eu achei, o ruim foi não ter sido achada, lá na tal Chapada pelo dito também.

Então, assim recém-chegada e ainda cansada, dessa; teria que viajar de novo até o aeroporto mais próximo que era em BH... para de lá partir para Salvador.

Chovia, a estrada molhada, eu com uma olheira prá lá de acentuada e um carro novinho que tinha ganho no dia, com laço de fita enfeitado, como se e para coroar o tal fim.

O estranho é que no dia anterior também havia chorado um bocado, com uma tristeza voraz, daquela que é capaz de arrebentar de soluços o peito.

Minha mãe muito tranquila, disse: filha, de carro você não vai...

Minha ideia era deixá-lo no aeroporto em Confins e pegar na volta uns dias depois.

Como assim? Tinham dois carros parados ali do lado... e de que outro jeito eu viajaria até a capital?

Vai de táxi ou de ônibus, aproveita para dormir um pouco antes da gravação... disse Yarinha com convicção.

Procuramos um táxi para me levar a BH, mas não encontramos nenhum na cidade, o jeito era ir até São João Del Rey, pertinho, pegar um ônibus e partir. Fui... bem mal humorada, o tal ônibus esperar...

Não subia em um desde mocinha, e já com a maturidade, achava o fim perder tanto tempo entrando de cidade em cidade até chegar ao destino final.

Mas, com mãe não se discute, ela mandou eu aprumo... obedeci! Fomos até a rodoviária de carro, e antes do meu esperado veículo coletivo chegar, apareceu num escrito: Rio das Mortes, e eu disse, nesse não quero entrar. Rimos um pouco e discutimos o mal gosto do nome do lugar... e quem nasce em Rio das Mortes é o que afinal?

Chegou um ônibus amarelo escrito Sandra, entrei, achei ruim e desci dizendo, não quero ir nesse aqui, não tem porta nem banheiro, (não imaginava ter que usar) mas me parecia estranho não ter. Minha mãe riu e me mandou subir novamente, de repente parecia que eu tinha uns 14 anos e estava indo para o sítio da tia Hermínia de castigo nas férias, mas eu já tinha 33... e tinha feito das estradas desse país, minhas amigas e companheiras, lembrei que um ano atrás, só de kms rodados foram 54 mil... por causa do Oi Brasil. Mas não teve jeito, subi e sentei na poltrona número 3.

Não era a minha e fui pra 4, no sentido oposto do motorista, e eu estava toda sem graça porque não tinha aquela porta que separa a cabine dos passageiros, e pelo espelho, via o motorista a me olhar...

De km em km o ônibus parava, e dava impressão que até para a lombada ele ia perguntar: quer viajar?

É, eu tinha ficado muito impaciente e mal acostumada com prazos e estradas... não entendia o motivo e pra que tanto parar.

Tínhamos viajado uma hora no máximo, quando passamos por São Brás do Suaçuí, prestei atenção na placa e lembrei que naquela cidade um ou dois anos atrás, tínhamos gravado... e ali naquela praça ainda via o Marcus Baldini dizer, montado num cavalo branco: até BH!!!

Sorri com a lembrança mas logo voltei a prestar atenção na estrada molhada. Uns 3 km passaram e do alto de uma montanha avistei na contramão, vindo em nossa direção um caminhão... A cada segundo passado ele parecia mais desgovernado e não ter nos visto, até então. Calculei rapidamente o tempo e pensei, se ele frenar, vai rodar na pista e vai nos acertar no meio. Foi terminar de pensar, colocar as mãos no rosto e esperar o impacto tosco de um caminhão baú vindo na pista em nossa direção.

Dali lembro de uma cena em slow, de tudo parecer meio matrix, e estar vendo numa precisão em super câmera lenta, a nossa caída que tempos depois fui saber, foi de 40 metros.

...penso, logo insisto... Luciana Dias

O ônibus parou numa espécie de riacho, e quando acordei, estava presa entre as ferragens, aos pés do motorista... explico: como não havia porta nem cinto de segurança, quando batemos, caímos e eu não tinha onde segurar, então fui lançada para a barra de vidro e meu corpo girou em 90 graus, se encaixando entre o volante e os pedais do motorista. Muito tempo depois fui saber que fiquei quatro horas e meia encolhida e soterrada em todas aquelas sobras do que era um ônibus, dentro de um espaço de 50 cms. Meu joelho direito veio parar no meu ouvido, e o meu cabelo comprido, salvou meu rosto dos cacos de vidro, a outra perna abri num espacato e não sentia nada da cintura prá baixo, nem ao menos via meus pés.

Lembro em detalhes de ver uma equipe da TV Globo Minas entrar e perguntar se eu estava viva e querer me filmar, no que foram impedidos por alguém mais sensato que estava por lá. Um guarda rodoviário com olhar assustado, parecia que tinha visto alma penada, que fala, quando comecei a perguntar: "Vocês vão me tirar hoje daqui? Tenho uma gravação importante, e acho que assim perco meu voo se for demorar..."

Tadinha, delirando eu estava. A melhor sensação que tive foi quando os bombeiros chegaram, esses sim preparados para essas situações, um deles começou a conversar e a chamar meu nome quando a memória ia indo começando a escapar.

Aquela história de ver o filme da vida, é fato... e como num único ato, vi toda a minha passar. Daí lembrei de repente, que tinha a quem chamar, clamei por Irmã Dulce e sinto até hoje arrepios quando senti ela por trás, me abraçar. Ficou comigo ali, todo o tempo, e eu numa briga de fé, lembrava que tinha visto alguns dias atrás, um filme onde Jesus dizia a Thomé, a passagem do **CRER** para **VER** e não ao contrário, senti-me mais uma vez confortada e se fosse ali testada, passava com louvor.

Sabia que Deus me protegia e até a própria Virgem Maria, eu tinha chamado para me acompanhar. Quando vi o ônibus estava cheio, de anjos e querubins, no mundo real as pessoas apenas viam um bando de bombeiros e maçaricos chegando... Eu feliz delirando...

Trouxeram até um caminhão guindaste de uma mineiradora emprestado, para ver se daquele buraco eles conseguiriam me tirar. Enquanto isso o motorista preso por mim e as ferragens, dizia algumas bobagens e não parecia compartilhar muito da fé. Todos os demais passageiros há muito tinham sido tirados, só sobrava eu, o motorista e meus pés que eu não via ou sabia, se aquela altura, veria outra vez.

Lembrei de partes da minha vida que não tinha vivido, de momentos em que não havia correspondido as expectativas depositadas em mim, lembrei da minha mãe e tive medo que ela se sentisse culpada, por naquele ônibus ter insistido em me colocar.

Resolvi que não tinha medo de nada, e mesmo prevendo ficar aleijada, resolvi resistir e ficar...

A dor começou a ser insuportável no peito e eu queria um copo de água tomar, chegaram os para-médicos e água não me davam... por um mistério divino, de repente nem me toquei, de que isso não era um bom sinal.

Cobriram meu corpo exposto com um pano, eu tendo muito frio temia pelo escurecer do dia, e não dar tempo de viajar...

Começaram a cortar os ferros para liberar meu corpo preso, e num passe de mágica, sem noção de quanto tempo lá tinha estado, começava a sentir agora um corpo inerte ser içado, para cima da montanha voltar. A chuva era fina e os curiosos rezavam, outros apenas fofocavam:

Está viva ou morreu?

Perguntei da minha bolsa, queria meu celular para minha mãe ligar antes da má notícia chegar...

A bolsa foi esvaziada por algum oportunista ou golpista que apareceu pra espiar. Quando abri os olhos, cheguei na pista e vi sirenes para todos os lados, ambulâncias soube que chegaram 36.

Não é que tinha um helicóptero azul e branco, parado me esperando para o hospital mais próximo levar?

Eita fé que compensa, no meio de tanta desgraça uma GRAÇA para eu comemorar, ouvi um médico dizer: anda logo, ela não tem mais do que 15 minutos... O piloto perguntou: vou pra BH ou pro Rio? "Nada, para na primeira cidade que tiver, e com sorte ela ainda vai estar viva até lá."

Desmaiei "confortada"... rs

Acordei com portas se abrindo e depois virei lenda na cidade de Lafayete, onde dizem que uma moça caiu do céu, era eu no helicóptero... pousando no estacionamento do hospital, motivo pro "fala fala" na cidade durante dias seguidos; teria a moça morrido?

Da internação no primeiro hospital até ter alta... passou um bocado de tempo, então vou resumir para as partes mais relevantes, e porque não dizer... interessantes!

Assim que fui internada, só não o fui como indigente, porque havia um jornalista destacado para cobrir o acidente que me reconheceu, (Carlos Pacelli) sabe-se lá como e ficou ao meu lado literalmente, brigando no primeiro hospital por mim. Quando acordei algum tempo depois, já tinha quase que um comitê ao meu lado, com os donos da empresa de ônibus a postos, algumas enfermeiras e uma discussão: quem e como avisar...

Eu acordada olhei para o lado e sem entender onde estava só pedia para enfermeira, água por favor...

E nada da água ser servida, rapidamente atualizada do que ocorrera, pelo a partir dali grande amigo pra vida inteira... decidi que devia avisar minha mãe.

Lembrei do número do telefone e fiquei falando do lado de quem ligava, para ela ouvir que eu estava bem, quando colocaram o telefone em meu ouvido, lembro de ter dito, acho que quebrei minha perna; " a senhora pode vir me buscar? Ainda preciso gravar..."

Seguiram-se mais umas três ligações, um para equipe que me aguardava, outro para o melhor amigo e um para o ex namorado. Desmaiei e só acordei quase depois de um mês...

Operações se seguiram, coma, UTI, e minha mãe sempre ali ao meu lado. Ficamos um mês sem poder mudar de cidade ou hospital, por causa do pulmão perfurado... e pelo que sei, fui um sucesso, flores, telefonemas, amigos descendo no meio do hospital... e minha mãe pedindo, não venham... (em vão).

Muitos também se foram, outros foram constantes nos telefonemas que animavam minha mãe. Assim que descobri em partes o que tinha ocorrido, lembrei de ter agradecido por poder estar ali. Nunca chorei ou reclamei, pra falar a verdade me diverti um bocado, com minha mãe fazendo piadas em tempo integral e a ação social de um clube que no hospital fundamos, parecia mais uma grande festa, com novos amigos e afins. Ganhei tantos presentes, de gente que conheci ali, fiz amigos, ajeitei relacionamentos, sonhei com outros tempos, mas sabia que além de não voltar a andar, mais coisas haviam em mim mudado.

No mês seguinte, fomos finalmente de UTI aérea para uma capital, não quis SP ou RJ, queria a Bahia, era fevereiro e eu achava que podia trabalhar no carnaval, rs.

Até então não sabia exatamente o tamanho e complexidade do meu quadro em questão. Pedi foi feito, chegamos em Salvador com escolta e batedores, ambulância e um clima de urgência que não consegui entender. Não tinha só perfurado o pulmão esquerdo e quebrado algumas costelas, e teria uma operação no joelho a fazer?

Não era bem isso...

Assim que cheguei no hospital, Dulcinha já estava me esperando.*Dulcinha é irmã de Irmã Dulce carnal, que me chamava de neta, tamanho o carinho que a amizade desde a mocidade entre nós se formou.

Eu sua neta e amiga, estava tão feliz por tê-la ali conosco, e no meio de muito alvoroço um moço, médico residente talvez, pegou logo meus exames e de uma só vez foi falando; você sabe que quebrou a coluna em três lugares e não vai mais andar?

Eu, minha mãe e Dulcinha não tínhamos tal informação... é que no hospital que passei tanto tempo primeiro, ninguém teve coragem de nos dizer, ou não quis.

Dulcinha foi logo clamando pela Irmã lá no céu, prometendo subir as escadas do Bonfim de joelhos (ela já tinha mais de 90 anos na época) e de repente no meio dos planos, via a primeira lágrima deixar escorrer. Mesmo assim, pedi retrato, passei batom e tenho até hoje guardado e eternizado esse momento, in... feliz!

Dali já estava indo para a ressonância e duas equipes de médicos diferentes vieram me propor alguns planos, a primeira: ...vamos já operar e você tem 15% de chances de voltar a andar.

A segunda menos elegante, já foi logo contando piada, sendo jocosa mas me pareceu bem articulada, e o médico chefe já foi logo dizendo, não tem chance de andar, pra que operar, vamos logo tratar do que adianta e o resto só com um milagre.

Fui as pressas de maca fazer o exame e ficamos para decidir logo no fim.

Mas, naquela noite algo muito estranho e realmente divino aconteceu, ao entrar na ressonância magnética e passar um frio danado, ter que trocar de máquina por ter claustrofobia, agarrei num gatinho de pelúcia que ganhei em Conselheiro Lafayete e batendo papo quem quem passava e me preparava na maca, comecei a orar. Chamei por Irmã Dulce que sentia próxima... por conhecer seus passos. De repente no meio de todo aquele som estridente, incomodo e constante que a tal máquina faz, vi Irmã Dulce comigo, dizendo: calma minha filha, você não vai precisar operar e vai voltar a andar. Chorei tanto, que minha mãe ali do lado, logo tocou um botão, para parar o exame. Disse tranquilamente pra ela; não tem problema não, é que apareceu aqui dentro uma mensagem que me deixou feliz. Saí e escolhi a segunda opção.

Acho que achei mais honesta, e mais outra operação, não aguentava não. Já sabia que tinha escolhido no dia do acidente, ficar, embora presentisse que não voltaria a andar... mas agora com aquela visão ou mensagem, fato, realidade ou alucinação? Tomava tanta morfina que já não sabia o que era noite nem dia, ou verdadeiro até então.

Mas meu coração confiante, disse que aquilo era fato e de algum jeito abstrato, eu voltaria a andar...

Luciana com Maria Rita Lopes Pontes

Milagres

Bem, o que se segue ocorreu, sei porque foi comigo que aconteceu, e assim sucedeu...

Saí da tal ressonância com 3 vértebras da coluna quebradas, entre tantas outras partes fissuradas, rachadas, estraçalhadas...

Ao todo: foram 11 costelas quebradas, um edema na medula, um pulmão perfurado, homoplata esquerda fissurada, uma prótese para o joelho, preenchimento e alguns pinos na perna, além da L1, L2 e L3... as previsões da minha volta ao mundo, normal... já não era tão usada pelos médicos em geral.

Mas ao contrário de tudo e todos, eu estava animada. Talvez pelo choque da real descoberta ou pela morfina que continuavam a me aplicar. Dor de costela quebrada é horrível, mas não é nada comparada a possibilidade de não mais brincar.

Então, minha mãe 24hs ao meu lado, fazia-me todos os agrados desde que me fizessem sorrir. E sorrimos, rimos, demos gargalhadas, quando numa tarde bem quente e ensolarada, lá vem Dulcinha e sua "cambada" , os doutores da alegria!

Fizeram tanta bagunça e demos taaanta risada, que eles literalmente foram convidados a se retirar do local, porque naquela ala elegante do hospital, sorrir não era muito permitido não.

Só desistiram do ato, quando entraram em meu quarto e viram Dulcinha regendo maestrina toda aquela confraria. Dulcinha Lopes Pontes, no alto de seus 1 metro e cinquenta de altura, tinha tamanha estatura no conceito geral, que mudaram as regras do hospital rapidinho, e os doutores puderam me fazer rir, mais um pouquinho.

Atrelada a essa receita, minha querida vovó vinha quase todos os dias, trazendo geléia de mocotó.

E foi nesse clima de festa que sempre chegavam os amigos, conhecidos e outros mais.

Minha emissora na época, mandava Mac Donalds escondido em meio a papelada, porque se algo mata em hospital é aquela dieta da nutricionista que perdeu de vista o paladar.

A senha para me ver pra quem fizesse a pergunta: Yarinha o que posso levar?

- Mac Donalds escondido!

Um amigo foi de pasta de médico e de branco vestido, muito metido... nem barrado foi na portaria. O distinto tem tanta fidalguia, que os porteiros até fizeram menção honrosa, sem saber que embaixo daquela estampa, tinha mesmo um contrabando com sundae, refrigerante e um mac plano feliz!

Passaram se dias, semanas e meses... talvez até ano... e eu gravava off de oferta de cama, e continuava no ar sendo garota propaganda...

Recebi propostas das mais indecentes, visita de manicures, cabelereira, amigo que montou quase uma penteadeira no quarto, parecia a verdadeira mudança do Garcia.

Não posso dizer que foi triste, se algo entedia é ter que contar a mesma história muitas vezes, e para esses que perguntavam, minha mãe já sacava uma matéria de revista com 4 páginas explicando o que houve, porque e quando.

Um dia de repente, tive uma grande vontade de me sentar, mais como?

Minha mãe tinha me deixado uns poucos momentos sozinha, e me arrisquei, juro que até hoje não sei, mas quando me vi estava desmaiada e sentada na cadeira do lado da cama.

Miha mãe entrou e em choque foi perguntando: como é que colocaram minha filha aí?

Eu, já acordada disse; foi um anjo!

E no outro dia, a mesma cena sucedeu, eu não sei exatamente o que aconteceu, mas sei que em um mês, estava fora daquela cama, não exatamente caminhando, mas sentia meus pés, e já havia tomado meu primeiro banho!

Nos demos alta, e partimos para outra instância, com muita fisioterapia e comilança... corticóide engorda, mas o apetite que eu tinha pela vida era voraz...

Engordei um pouquinho, tive que emagrecer novamente, a pernoca não aguentava a pressão e o joelho biônico reclamava a colocação. Trocamos. Em resumo: em menos de um ano, passando por alguns hospitais, eu estava novamente andando... de cadeira de rodas, depois de andador, muletas e por um bom tempo bengalas, tinha umas 3... agora fico pensado, nesses dias ainda vou estar surfando!

Porque voltar a mergulhar com cilindro eu já mergulhei...

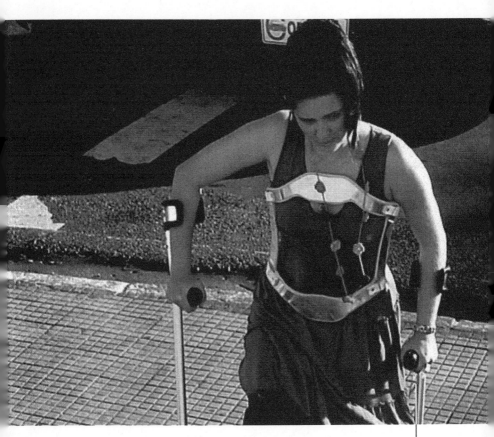
Subindo as escadarias da Igreja do Senhor do Bomfim.

E como é que não vou testemunhar um milagre, e lembrar de Irmã Dulce falando, você não vai precisar operar e vai voltar a andar...?

Meu médico que é bem famoso por lá, até hoje não tem como atribuir a algo que não a fé.

Nos disse confessando, que quando era pequeno, resolveu ser médico por influência das visitas que sua mãe fazia, as peregrinações que o Anjo Bom da Bahia, mantinha lá no Bonfim.

Ele também era um milagre da nossa Dulce querida, como intercessora da fé. Então falem ou pensem o que quiserem, nós atribuímos a Ela e a Deus, esse milagre que hoje chamo de meu!

Não foi fácil, não foi sem fisioterapia, acupuntura e muita fé, mas hoje estou de pé, já faz um bom tempo e daquele sujeito que disse que eu nunca mais iria andar, nem lembro do jeito ou rosto que tinha, mas agarrei com fé a esperança que vinha, e cá estou de pé!

Se há alguém que eu devo agradecer na Terra, certamente esta pessoa é minha mãe... por ter me dado a vida duas vezes, com a possibilidade de ter muita fé!

A Dulcinha que não precisou nem cumprir a promessa de subir as escadarias de joelho, antes que ela soubesse eu já tinha ido, e subido feliz aqueles degraus...

A Maria Rita, irmã de todas as horas, tia Suzana pelos telefonemas, as lágrimas do Zé Mané e da Bia...

Noemia, Surya, Patricia, minha querida tia Eunice, Mônica, Nino, Mila, Junior, Marta e Mauricio, Cláudia, Roque, Camila e a tantos outros que foram sem nunca ter ido, aos enfermeiros(as) e funcionário(as) queridos(as) que tão bem me trataram...

Aos meus muitos médicos e advogados!

Foi o melhor e mais profundo acontecimento da minha vida, porque mesmo eu vendo a partida de muita gente, eu fiz um joga fora, limpa e pronto, agradeci aos que não mais estavam pelos tempos passados e abri o coração e braços, para abraçar uma nova oportunidade na vida de viver e ser bem mais feliz!!!

Morfina virou nome: da nossa gata, as muletas e coletes: ex votos, a cadeira está mais bem utilizada... e aprendi tanto em tão pouco tempo que um ano ou mais, pareceu um momento que veio só para nos ensinar!

A vida é cheia de subidas, descidas e tem curvas no caminho também, mas a nós, cabe olhar bem o destino de onde realmente se quer ir e... chegar!

Eu, quero voltar prá casa do MEU PAI!

Diferenças e costumes

Quando cheguei no nordeste há uns 20 e poucos anos atrás, muitas diferenças gritavam aos meus olhos tão sulistas, e parecia realmente que estávamos em outro país.

Pela cor do mar exuberante verde azulado, pelos coqueiros e coqueirais... mas principalmente por causa de um rapaz, rs.

Estava eu fazendo aula de dança no Ceará, aprendendo os ritmos locais, ritmos esses bem diferentes do jazz e do ballet, que eu jurava praticar com perfeição, rs.

Na época eu pintava constantemente e expus meus quadros na galeria de Inês Fiuza, até aí tudo igual.

Difícil era acertar o figurino, tínhamos a errada impressão de que no nordeste todo mundo era bronzeado, sarado e vivia de bermudão, como se estivessem na praia, já que na praia estão.

Desilusão, dei todo meu guarda-roupa em Curitiba antes de vir, e quando cheguei tive que comprar tudo outra vez... bermudas, não eram nem permitidas para entrar na televisão, e não aceitas em quase nenhuma ocasião, rs.

Já que se vestiam como a gente no sul, não importando a diferença da temperatura, voltei ao figurino habitual.

Eis que fico amiga de um casal que me convida para sair numa quinta a noite, levando um pretendente a tira-colo, me avisaram que o lugar era o melhor de Fortaleza.

Pronto, roupinha de linho, meia fina creme e sapato de camurça, estava "arrasando quarteirão", rs.

No horário marcado eles já estavam na minha casa, extremamente pontuais, com o jovem amigo no carro logo atrás, fomos todos para o lugar que eu iria amar.

Seguimos para o caminho contrário que estava habituada para jantar, fomos rumo a praia(?) e eu já não imaginava ao certo qual a programação... muitos carros estacionados, achamos um bom lugar segundo eles, tivemos "sorte" e descemos, então.

Meu susto... o lugar do jantar era uma barraca literalmente na praia (areia), eu olhei para a meia fina e o sapato já meio sem graça, quando avistamos aquelas mesinhas de plástico "coalhadas" de gente e "adoçica" era a música em profusão, imaginei rapidamente, uma festa do Beto Barbosa?

Não era não, era o costume da região, em Fortaleza toda quinta-feira é noite de comer carangueijo, obviamente com as mãos... com todo aquele ritual bizarro, de pauzinho de madeira, tábua embaixo para apoiar, uma bacia para jogar os restos mortais dos pequenos... eu já assustada, aqui em cima não depilam ele não?

Claro que já havia comido o prato em questão, mas o aparato era um pouco diferente, e a cabeça na minha terra ninguém comia não...

E para achar uma mesa e poder se sentar... eu educada com sorriso amarelo, pensava o que estou fazendo aqui no meio?

Meus novos amigos gentis, e estranhamente bem arrumados, mas também não para aquela situação... perguntaram: tá gostando? A resposta nada sincera: "ôh..."

Achada uma mesa, os meninos saíram correndo pegaram antes que alguém quisesse, quase preparados para sair no tapa se chegasse a precisão... minha amiga e o namorado sentaram, só tinham três cadeiras, então obviamente fui me acomodando para sentar na que sobrava, enquanto o futuro pretendente ia a puxando para mim... não... era para ele mesmo, quase caí no chão, fiquei eu em pé, no meio daquela pseudomultidão, numa saia justa pela total falta de educação do moçoilo, que eu nunca mais quis ver, ah não...

Anos depois, participo do ritual, já armada, vou arrumada para a situação e vez por outra vejo algumas desavisadas, iguaizinhas a mim naquela noite inesquecível em questão, e sorrio sozinha baixinho, já pensando no camarão...

Dezembro

Todo dezembro parece meio igual!

Amigos secretos, confraternizações, saída de férias, passadas nos shoppings e nas casas das avós...

Mas tem um ar legal, Natal e Reveillon são boas ocasiões para ver quem não se espera e começar a planejar tudo diferente do que era...

Tem gente que se fantasia de Noel, gente que se sente mais perto do céu, ou seu... próximo, amigo, colega, familiar.

Festas na casa da tia, cultos a Virgem Maria, a mãe de Jesus.

Independente de que cruz se leva ou crê, sem falarmos dos quês ou porquês...

Todos nos vemos num papel meio igual, e é uma chance especial para perdoar, compreender e seguir em frente, olhando um pouco para trás... talvez... que mal faz?

Aprender com experiências passadas, com antepassados, passados e atuais, somos todos iguais!

Pai, mãe e filho, sobrinho, neto, vizinho...

Bacana é quando se é feliz, fazendo alguém feliz...

Quando não se sente mais por um triz, e que se é dono do próprio nariz.

Quando a dor do outro dói também aqui, quando um sonho não é só mais seu, é nosso, posso recomeçar?

Hora de embalar presentes e ações, gerar gentilezas, delicadezas, comer framboesas, pensar no asilo, ir ao orfanato, mas só nessa época de fato?

Não, bom é quando esse espírito natalino vai conosco nos seguindo, todos os dias do próximo ano, e sai dos planos e papel prá ser de fato concreto.

Quantas instituições você visitou esse ano? Quantas ajudou de algum jeito?

Não é necessário comprar apenas algo o bom é estar lá, arrume um tempo, divida sorrisos, divida esperanças, divida uma dança, e não só na fundação, pode ser em casa, com um irmão... dividir amor, é a única vantagem de se estar aqui, de ser realmente feliz!

Feliz Natal, em Natal ou no Piauí, em Petrópolis ou Imperatriz, Curitiba, Salvador, SP, temos um Rio em Janeiro inteiro para planejar tudo aquilo que se quiz...

...penso, logo insisto... Luciana Dias

Eu Avisei...

Já estamos no começo de 2012, e eu preciso dividir os acontecimentos "ocorridos" por aqui...

Uma amiga, que veio para os festejos natalinos em seu próprio carro... se arrumou toda, preparou guloseimas, ajeitou a lista de músicas no I Pod e chamou um conhecido, sugerindo lhe dar uma carona até Natal, cerca de 400 km do seu ponto original de saída, e há uns 90 daqui...

Calibrou pneus, encheu o total flex, olhou no relógio e ligou avisando que estava saindo, para rastrearmos a "trip"...

Imaginamos que com as eventuais paradinhas, no máximo em 5 horas e meia, ou 6, estaria chegando. Ledo engano, passaram 5, 6, passaram 7... e nem ela atendia nossas ligações, nem telefonava... nem chegava.

Por razões bem conhecidas da maioria, sou bem "ligada" nesse cuidado, com estradas e viagens, até perdi um pseudo namorado, aquele censurado, porque fui monitorar a viagem que não chegava ao destino... eu preocupada e ele desaforado me chamou de "controladora", juro que era só carinho... (tadinho) rs.

Mas voltando a viagem da amiga em questão, essa me conhece há 20 anos e sabe que fico mesmo preocupada, eis o motivo da aflição... porque não teria ligado até então...???

Passaram 8 horas e... nada, quase desesperada, recebo uma bendita ligação falhando, onde no fundo se ouvia uma voz que parecia grunhir... a gritar... eu nem conseguia minha amiga escutar... a voz dizia: O DÉDA leva moça...

Minha amiga ainda tranquila, se desculpou e avisou que tinha esquecido de colocar óleo, pelo jeito há muito tempo, o carro até que é novo, parecia ter fundido o motor...

Ela e o conhecido, tinham chegado num posto quase vazio, depois de muito caminhar... e só ouviam um bêbado que já de início começou a falar: "O DÉDA leva..."

O frentista, deu vários números de reboques conhecidos, mecânicos da região, foi gentil... mas por causa da data, todas as ligações foram em vão... o bêbado cansando de dizer, já tinha começado a bradar a essa altura: Moça, eu já avisei... o DÉDA LEVA!

Sem que ninguém desse ouvidos e cabimento ao tão prestativo ser, ele mesmo foi caminhando pela estrada bradando... eu avisei, eu já disse... o DÉDA LEVA... e foi embora.

Eu daqui, comecei a tentar calcular a distância para mandar um socorro, quando... finalmente ela telefona de novo, rindo as gargalhadas, quase sem acreditar...

Eis a cena descrita e ocorrida: ela olha prá estrada... de onde vem vindo um caminhão meio "desajeitado" e de certa forma inteirão, com o bêbado insistente gritando e buzinando... eu não disse? O DÉDA LEVA!!!

E não é que, o melhor socorro da região era mesmo o tão falado e anunciado DÉDA o dono do caminhão???

MORAL da história, melhor dar ouvidos a todos quando precisar, vai lá saber a boca de quem seu anjo vai usar prá te ajudar?!

E minha amiga chegou a tempo da ceia, com o DÉDA e uma latinha de cerveja na mão!

Reticências

Brincar com palavras, com fatos, com a vida... não levar nada muito a sério, a não ser que seja realmente sério... caminhar muito, sorrir mais... ter menos expectativas, mas nem por isso menos sonhos...

Cultivar amigos, fazer novos... Colecionar sorrisos e lágrimas, amar mais, amar sempre... mesmo depois "daquelas" juras de nunca mais...

Ah, pedir perdão e saber se perdoar... Olhar pra trás e ver o que poderia ter sido diferente...

Mas já que não foi... sentir-se bem com suas escolhas... mesmo as erradas, as impensadas... as equivocadas... afinal, foram elas que te trouxeram até aqui e fizeram você assim...

Ás vezes duro, ás vezes pura emoção... O importante é ser verdadeiro, único... amável... e amar... ah, amar tudo e todos, todo tempo e sempre mais...

Só o amor é verdade e dá sentido... mas não aquele de casais, esse é bobo perto do amor incondicional!

Uau... está na hora de começar a fazer um resumo dessas tantas histórias, tantas curvas no caminho, subidas, descidas com muitos pontos de exclamação e reticências...

ADORO reticências, a vida é cheia delas... vírgula não tem a mesma graça... não impõe o mesmo ritmo...

E viver é uma dança, uma série, um espetáculo... uma peça... um musical... é sublime... cansativo... mas é especial!

Aliás, só quem já viveu o "limiar" sabe o quanto a morte também parece ser confortável... mas aí, aparecem aquelas pessoinhas que você ama, aqueles capítulos que não finalizaram...

Eis-me aqui "again"... sei que ela estará lá quando for a hora, então bóra viver um bocadin mais... mineiro fala manso né ???

É gostoso de se ouvir...

De certo na vida, só que iremos morrer... então, vamos aproveitar um pouco mais (?)

O que não está bom, melhora... dor passa, tristeza acaba, melancolia chega uma hora que vai embora, mentira tem perna curta, TPM se ajeita, final de romance... vira música, vira calo, lembrança... e passa... tudo passa... isso é certo... dói, incomoda, machuca, fere... mas passa.

Por isso o amor é o melhor remédio... aliado ao tempo... a experiência... ai como é bom ter experiência...

Demora, mas um dia você amanhece e percebe que tudo não é mais tão urgente assim, que pra tudo tem uma solução, que quem quer ir... que vá... que o que é de verdade, permanece...

Ah, vida louca vida, escolha seu BG (sua música de fundo) e roteirize esse filme, no qual... cada um é o ator/atriz principal... pelo menos da própria história... coadjuvante, só na dos outros... mas se no fundo... TODOS NÓS SOMOS UM!!!

Que sejamos mais UNIDOS então...

Outono

Como se conheceram meus pais...

Hoje parei para pensar sobre quem eu deveria escrever, e de repente me vi lembrando da infância, dos momentos que passamos e percebi que nunca escrevi sobre minha mãe e meu pai e sua estranha história de amor.

Escrevi sobre tanta gente, entrevistei tantas pessoas e Yarinha ia ficando de lado, sempre ao meu lado aliás. Meu pai distante, de mim e do meu trabalho, mas torcendo afinal pra tudo dar certo ou errado e eu veterinária me tornar, rs.

Mas, na medida que o tempo passava, fui realmente conhecendo meus pais com suas muitas qualidades, talentos e alguns defeitos... acho que eles estão mais para ganhar um roteiro inteiro...

Dona Yara é uma guerreira! É a vanguarda da vanguarda!

Uma vencedora e é encantadora!

Tenho uma amiga cineasta que diz que o roteiro da nossa vida "privada" não daria nem para Spielberg rodar... de tão ficcional, mas o que fazer, se é real?

(exageros de Joana, a parte) Tem uns capítulos realmente esquisitíssimos, mas afinal: "... a vida imita a arte ou a arte imita a vida?..."

Minha querida mãe em questão, nasceu na década de 40 no interior do Paraná, numa família abastada, entre os irmãos, foi a única a cursar faculdade de filosofia e história.

Em Curitiba, Yarinha entrou para o Diretório Acadêmico e acabou virando presidente de lá... estava no centro das mudanças políticas do país em 64, na UFPR bem na época em que essas questões estavam aflorando e tentando ser "sufocadas" pelos militares e alguns políticos nacionais.

Numa viagem para conscientizar politicamente outros jovens, conheceu meu pai...

Aí começa a história de amor, ódio, garra, orgulho, dor, etc... adooooro.

É inspiradora, porque é rara, ah isso é!

Contrariando a tudo e a todos, ela se apaixonou perdidamente a primeira vista, ele jurava que também... ela resolveu casar com o jovem... mas tinha um senão... ele era naquele momento seu motorista, contratado para a viagem em questão.

Se já não fosse um escândalo por si na família, ainda tinha mais... nada era tão simples assim...

O jovem, estava fazendo aquele trabalho, por ter literalmente fugido de casa, da sua vida... e dos seus parentes.

Para contar essa história, preciso voltar na linha do tempo.

Josef o jovem por quem Yarinha se apaixonou, era um sonhador e realizador, mas... de uma boa família, vinda para o país no pós-guerra, era o caçula de três irmãos.

A mãe convertida ao catolicismo, desejava que o filho nunca saísse da cidadezinha onde moravam.

O pai, ortodoxo... não falava muito com os filhos... e acabou se separando muito cedo de todos. Meu pai cresceu entre plantações de fumo, e o hotel da família.

Aos 16 anos, criou sua própria rádio na cidade e aos 18, ingressou na Academia de Agulhas Negras no estado do Rio.

Parecia promissor... E tudo ia bem, até Dona Anna a matriarca da família, aparecer no quartel e resolver trazê-lo de volta ao Paraná.

Tentou por razões emocionais persuadí-lo, não tendo êxito... forjou uma situação onde ele "seria" arrimo de família... (lembrando que ele era o caçula... tendo pai, e irmão mais velho na época) Dona Anna, sabia como conseguir exatamente o que queria... sempre soube.

Ele voltou e o motivo real, era que sua namorada na época, outra jovem... havia engravidado... querendo que o filho casasse, ela arrumou tudo a revelia.

Fato foi, que ao chegar em casa e descobrir o real intento, Josef literalmente fugiu... mas foi alcançado pelo próprio pai armado, na casa do irmão mais velho que já casado, morava numa cidade vizinha.

Não teve jeito, ele teve que casar.

Casou e teve duas filhas, e assim que o tempo passou... os ânimos se acalmaram... saiu um dia para comprar remédios, pediu que entregassem em casa e nunca mais voltou. Nada nobre essa ação aliás, mas não cabe a ninguém julgar. Ele se culpou durante toda a vida por ter aberto mão das filhas.

E tentou correr mais uma vez atrás dos seus ideais. Foi para Curitiba, entrou no CEFET e começou a trabalhar para se manter e pagar seus estudos de engenharia mecânica, já que foi praticamente excluído do seu clã.

Numa noite, na pensão de estudantes onde morava, apareceu um "freela"... levar Yarinha de Moura e Dias e suas amigas para uma viagem pelo interior do Paraná por uma semana... e aí... começou o "era uma vez"... tudo outra vez, lá do começo, e como minha mãe casaria com meu pai que já era separado?

E como meus avós tradicionais explicariam que eles se conheceram, tendo ele sido contratado para ser seu motorista?

Muitas brigas, discussões, separações e lágrimas rolaram, até que o casal pra lá de apaixonado resolveu fugir e em outro país se casar, parece que funcionou, foram 43 anos de união, duas separações e dois casamentos de fato um com o outro de novo.

Detalhe: quando finalmente saiu a lei do divórcio no país, eles foram os primeiros a casar novamente para toda família poder comparecer e celebrar... o melhor, nesse eu e meu irmão também já estávamos!

E de recado meu pai deixou seu legado, para que ficasse bem claro que não era golpe do baú que ele pretendia dar!!!

Família

Terceiro?

Primeiro, escrever na rede literalmente não é tão confortável quanto eu pensei... vou ter que me ajeitar, **segundo**, não é que o passado apareceu hoje do nada... e eu até que estava achando bom, mas o que me leva a outra questão... vale a pena retrô... ceder assim?

Uma música, um cheiro... e lá vem a lembrança que sofri tanto na época para esquecer, ou apenas não vivi, talvez? Vai ver esqueci e fui ser feliz... mas e daí, sobra a nostalgia que aquele tempo me tráz 15, 16, 17 anos atrás, éramos os mesmos ou já nem somos mais? Tão novos, achávamos que o mundo era nosso, e que a nós pertencesse, em partes sim, quem sabe, mas em outras tantas... partes também.

Aprendi a ser movida por algo que me emocione, seja um bicho, um quadro, uma meta, um livro, trabalho, sonho ou alguém... algo a mais...

Preciso ter vontade pra sair do meu lar, e lar eu chamo onde estou... querer interagir, agir e parar pra pensar, ou pensar sem parar... em algo ou alguém... minha cabeça anda tão cheia de coisas, final do ano, tem aquele plano de mergulhar, em Fernando de Noronha? Quando vi, deixei escapar... os amigos ainda vão...

Um curta pra editar, outro pra trilhar, uma viagem as pressas pra fazer, três amigas pra trazer, um carro pra vender, as unhas dos pés pra pintar, e praia na hora do lazer... O que mesmo vou fazer?

Mando cartão de Natal, virtual?

Acho isso tão impessoal, mas fui ao correio, e nesse ano nem veio a tal caixa de final... que ajuda sempre algo ou alguém...

Árvore em casa?

Só na casa da Imara, ou na Jô que por insistência da Clara também pôs. O Chico levantou a perninha como quem diz que gostou!

Aqui nem posso pôr, rola um luto constante desde que meu pai se foi, e para quem colocaríamos os enfeites e os presentes, se o que mais gostava desses era mesmo meu pai...? A vozinha de um amigo morreu, mas 100 anos viveu, não quis ficar para esse Natal.

Penso que gosto de espalhar mensagens, alguns planos, um bocado de pano pra manga limpar. Mangas, ou Mangás (?)... gosto dos dois... um me faz devorar e outro me dá vontade de desenhar.

Fim de ano, a gente lembra da família da gente, de gente que nem foi ou ainda vai, gente como a gente, gente banal, gente feliz, e o caminhão do gás com aquela musiquinha... infernal, da obrigação de falar sem querer com aquela vizinha da tia, que você jura, já vai falar mal de alguém.

Mas a época tem seu charme e um monte de renas, trenós e brechós, vovôs barbuchos a se fantasiar.

...penso, logo insisto... Luciana Dias

Nós, recebemos dois roteiros sobre o velinho ancião, quem sabe virem filmes no ano novão? Não sei... um tem final triste demais, a realidade invade a tela e fica parecendo novelão, daquelas que no México se há de chorar.

Bom ficar um tempo exilada do mundo, do meu próprio talvez, tenho tantos chips e números de telefone que as vezes me vejo ligando prá mim:

- Digo: ALÔ?

- E eu mesma repondo: NINGUÉM!

Comecei a faxina de final de ano, joguei papéis e alguns planos, a dieta fica pro próximo ano, limpei as redes sociais, tirei aqueles que nem converso mais, e se converso não me respondem nada além... ufa, aliviei... saíram mais de cem, e sem tanta gente, sobram aqueles que vemos todos os dias, mas que por tanto ver, esquecemos de perguntar: Olá e aí? Como vai?

Lembramos de coisas, de cheiros e lugares, mas lugares são memórias vivas de pessoas que as vezes nem foram, e insistem em estar de alguma forma.

Sinto uma falta danada de algumas amigas, da minha família e de uma etapa que mesmo ultrapassada, aqui ainda está.

Então depois que o passado apareceu, fico no quarto a pensar, amanhã será que vai dar pra pescar, surfar ou finalmente aprender a nadar?!

Desabafo

Na dúvida agora porque escrevo afinal, quero brincar com minha dor, sou mal entendida, compreendida, analisada, julgada e aqui estou... tentando editar de novo, enxugar prá ninguém ler o que não foi dito, escrito, vivido ou pensado, muito menos mal articulado, planejado... Não sou fã de Maquiavel, prefiro Clarice, Cecília, José de Alencar...

Neruda no convite do casamento da Elaine, ficou lindo... aliás.

Queria ter dom de poeta, perna de atleta, ouvido môco, cérebro de animal. Se escrevo, primeiro e segundo, tenho que pular o terceiro, pra não ficar parecendo, sabe lá o quê... não sou de falar nas entrelinhas, se tenho algo a dizer, digo, escrevo, adoro sms, blogar, tuitar.

Ai meu Deus, já existia vida antes de eu aprender a numerar.

E na rua um bando de vândalos gritando aê aô... o campeão chegou!!! Quem será esse? Aqui, no meio do nada, onde vivo relaxada... SOCORRO!

Não gosto mesmo é dos torcedores de futebol, do jogo em si, nem ligo, porque não assisto mesmo afinal.

Queria tanto um dia poder me fazer entender, sem temer as entrelinhas não contidas, as palavras não faladas, as noites chorando debruçada...

Porque viver é tão intenso, alguns minutos atrás, feliz eu estava, olhando a noite estrelada, pensando em meu pai. De repente o telefone, uma mensagem, outra e mais outra e eu, igual a uma menina arteira, procuro borracha para apagar... o que nem quis dizer...

Mas assim entendido ficou! Apagar o que foi vivido?

E foi vivido por quem? Pelo jeito somente por mim...

Saudade do tempo da escola, onde só a professora contava de um, a dois, até três...

Assistindo um filme a pouco, lembrei também de que filmo, e para tanto preciso escrever, sonhar, viver, sofrer. Das feridas vem o calo e da experiência, a consistência, o sorriso da Monalisa, aquele algo a mais!

Então bóra brincar de apagar as linhas e os planos que nem tive ou sequer fiz. Queria apenas um final de ano (feliz), cheio de gente que eu amo, um Fernando, um Noronha talvez! Pra vocês, meus sinceros votos de FELIZ TUDO no próximo ano!

E viver tudo de novo outra vez!

Censura

Depois da tormenta... ainda esquenta... Em apenas dois dias de existência, o SINCERÃO já foi censurado, por dois ex namorados, duas vezes...

Como sou gentil, acatei!

Gente sem humor é mesmo um horror!

Então agora, resolvi lembrar de todas as situações bizarras (algumas) pelas quais nesses anos passei... com esses lordes:... inglês, francês, filandês, português... um acho que era mesmo "maltês"... (rs)

E deixo claro: OBRA DE FICÇÃO...

Caso alguém se identifique com os fatos, disfarce... não vá vestir o capuz, porque eu mesma aqui não expus, ninguém!!!

A não ser eu própria... e se não puder rir de mim, de quem mais eu rirei então?

Pronto, desabafei!

Foras

Amigas(os) quase sem palavras... estou!

O que começou como um desabafo, virou desafeto de alguns, que se afetaram demais e o pseudo afeto já não existe mais...

Virou desaforo, recebi 18 SMS... punks!

Mas sobrevivi, então acho que deu certo e já é um sucesso o SINCERÃO!

Thanks anyway...

Sobrevivi confesso a coisas piores, então no tocante... porque não posso eu mesma, rir de mim?

Estava aqui a lembrar por quais outras situações "estranhas" tenho eu até as entranhas que procurar e vou dividir.

Minha primeira decepção no tocante ao que vestir com um novo pretendente: Eis que eu, no auge dos meus 15 anos, fui convidada pelo então "pretendente" a passear...

O passeio devia ser algo do tipo ir na casa da minha tia, ver se a minha prima queria conversar... mas naquela época... de paixonite... já era um marco, um encontro enfim...

Depois ainda podíamos se a prima quisesse, ir ao cinema, assim não haveria problema de com um moço sozinha eu estar. Papai iria gostar da prima presente!

Com a tamanha importância do evento, meu primeiro encontro tinha que ser inesquecível, não dava pra ser banal.

Então, passei o dia inteiro no quarto me arrumando, bota pano, tira pano, tailler, macacão ou vestido? Sapato de salto ou boca de sino?

Bota ou casacão? Tantas dúvidas em questão, queria causar boa impressão, mas não parecer assim tão arrumada. Desesperada, queria soar casual.

Decidi depois de horas a fio, e uma pilha de roupas testadas, uma calça jeans e um blazer usar, na época (anos 90) tiro e queda; iria arrasar!!!

Eis que chega a hora e o moço eleito, toca a campainha da sala, e eu num passe de mágica, desço as escadas contente, correndo e tentando disfarçar a tamanha euforia da espera, abro tranquilamente a porta... depois de respirar... e falo;

- já?

O jovem sem nem piscar respondeu;

"não, tô tranquilo, ainda dá tempo de você se arrumar!"

Tome, tomei... nunca soube se foi por ter tentado bancar a perfeita, ou se o figurino mesmo não tinha agradado, só sei que foi o maior babado, tentar rapidinho, outra roupa perfeita encontrar.

Perdoar-se

Hoje acordei procurando respostas para tudo o que se foi e quem se foi na minha vida... sinto falta de uma tia, um tio com quem sempre sonho e já morreu, meus avós, meu pai... de sonhos que nem eram meus...

Sinto saudade do tempo em que em outra cidade esperava minha mãe se arrumar para ir ao teatro, sempre achava que ela era a mais bonita estrela a brilhar.

Lembro de dormir agarrada a um urso que eu achava... me protegia e no fundo confortava as muitas noites sozinha naquela Curitiba fria.

Difícil ser diferente, sou noctívaga há anos e antes isso não era muito entendido ou aceito, e desde que saí do berço, troco as madrugadas pelas manhãs...

Perdão certamente é a maior expressão de amor, por si ou pelo outro, que somos nós também...

Me peço perdão diariamente desde então, por palavras não faladas, gestos impensados, telefonemas não dados... ou dados demais, rs!

Amar sem perdão não funciona, mas perder-se nesse perdão é a fome que a alma nos faz relembrar.

Deus reside dentro de mim, como EU, mas não quero o profanar dizendo que DEUS sou eu, mas sim eu sou parte de DEUS.

E como tal, tenho que me orgulhar daquilo que sou ou posso voltar... a simplesmente ser...

Assistindo ou lendo COMER, REZAR e AMAR, me vejo em vários momentos, tentando me despedir de amores passados, erros errados, pratos trocados, da busca sem cessar.

Busquei tanto que não tive tempo de encontrar é o que vejo agora...

Vou treinar o perdão, aos outros e a mim mesma, vou fazer outros planos, investir em outros ramos, vou viver de novo então.

Sorrir com os olhos, com a mente e a boca, que deve se manter mais fechada, até que a página virada não possa mais reviver.

Peço perdão a você e a mim, perdoo a mim e a você... também, por algo que não lembro ter dito mas sei ou insisto... era diferente do que trazia no coração.

Saudade dos primos, dos novos irmãos, saudade de um tempo em que sinto, ainda nem vivi... saudades hoje, de mim!

Luciana e J. Borges

Viagens por aí...

Arrumando as malas novamente, me vejo à procurar o passaporte e acho logo seis, quantos quilômetros rodados, voados, perdidos, vividos... divertidos!

Lembrei que no último ano até de fusca viajei para o Ceará. De Canoa Quebrada, podia ter ido para Cochabamba, mas fui driblando a alfândega e não parei até em Pipa chegar, não é que dois meses depois, voltei para a origem e fui de fusca mais uma vez viajar?

O melhor, foi ver os carros novos que zombavam da rapidez e do andrajo, parados quebrados, e o fusca faceiro a passar... a 70 por hora, mas sem quebrar!

Na viagem de ida, 700 km duraram 14 horas em dois dias, na volta muito mais experiente, fomos em 7 horas eu e dona Yara, somar 1.400 contentes.

Já fizemos Safari, então por que não brincar de "safarar" por aqui?

De viagens guardo tantos momentos... como o do sujeito que queria ir e não foi, de chegadas e partidas, antes melhor escolhidas, agora com o preço das tarifas, para onde se vai?

Buenos Aires, ai, ai!!!

No passado destinos mais hollywoodianos, não importa, o que vale é poder viajar.

Só a viagem nos faz gostar de chegar!

Seja lá o que se chama de lar exatamente. Lar pra mim, sempre foi onde você está.

Com os anos, as malas não foram diminuindo e prontas partindo sempre estão para lá e para cá. Moro em tanto lugar, que um somente não me "cabe" certamente, alma animada só de pensar em viajar... alma festeira, forasteira, aventureira.

Sempre faço planos, troco e faço novos, sempre conheço alguém que se torna amigo de infância, tantas histórias boas pra compartilhar.

Até a da viagem para África que fui sem ter saído do avião... Fígaro e a banda da Leila Pinheiro, que deixei no Rio de Janeiro, mas a Cris comigo sempre estará!

A de ilhéus e o "Häagen Dazs" no isopor guardado, ai que bom era ter gelo de madrugada para poder dividir e experimentar.

Joana querida, minha irmã que lemanjá trouxe pela camiseta, há tantos, tantos anos atrás... quantas outras partes minhas ainda vou juntar por esse país?

Outros países que foram meus, agora são todos seus... quero poder viver a viajar só por aqui por um bom tempo... nossa raça é mais maneira e hospitaleira, e museus já conheci bastante, agora quero poder reinventar-me antes, de começar a de novo viajar.

Viajo nos filmes, nas histórias contadas, por mim e por outros também... quem canta sua terra canta para o mundo inteiro, quem canta o mundo inteiro canta só para os seus conterrâneos... é assim que ouvi e transmito agora, então; "bóra" viajar???

Ilha de Marajó

Meus olhos ficaram encantados com as belezas exuberantes da Ilha, que é um espaço encantador no nosso planeta.

Por lá a chuva faz muita diferença na paisagem... parecem existir dois lugares distintos, um com e o outro sem chuva, e chove muito...

Fui a trabalho a primeira vez, gravando o OI BRASIL, graças a ter divido um final de semana com Fafá de Belém e Luciana Vendramini num SPA em São Paulo, ouvi-la falar da sua terra, me fez mudar o roteiro na época e ir correndo pra lá.

Para chegar na Ilha, saímos logo cedo de Belém de barco, poc-poc, lembro que a viagem nem pareceu demorar muito, pois dormi nos largos bancos o trajeto inteiro, lembro também que fazia um friozinho gostoso... acho que eram umas 5h da manhã!

Chegando na ilha de Marajó, fomos direto nas ruínas de Joanes, bonitas.

Em seguida no Soure, fui conhecer um artesão que mantêm as tradições no jeito primitivo de criar suas autênticas peças marajoaras. Ele me encantou por ser genuíno, na arte, na simplicidade, devoção e respeito por seus ancestrais.

Ele explicou sua preocupação em não encontrar atualmente, novos alunos a quem pudesse passar o conhecimento que aprendeu ainda menino com sua avó. Triste em constatar que hoje em dia as crianças e os jovens de lá, não querem saber mais dessa cultura tão especial.

Ficamos hospedados em dois locais na ilha, na pousada dos Guarás e na Fazenda São Jerônimo.

Em ambas, é possível já no café da manhã dividir o espaço com aves exuberantes e iguarias "diferentes".

Uma curiosidade é a utilização dos búfalos pela guarda montada! Eu mesma não resisti e dei uma de turista montando um búfalo, chamado DOURADO, lindo fofo e tranquilo...

Já assisti uma corrida de búfalos, assusta pelo "peso e barulho"...

Um dos momentos mais encantadores foi visitar e conhecer a família de Mestre Damasceno, todos com aquela acolhida gentil e hospitaleira de gente do interior, que recebe todos como se fossem de casa e fui desafiada para uma partida de dominó!

Detalhe: Mestre Damasceno é um dos nomes mais respeitados por lá... pescador, pai de muitos filhos, bom marido, amigo da comunidade, repentista, compositor de carimbó e uma das pessoas mais alegres que conheci em toda minha vida.

Contou que pesca só com as mãos, ele pede a Deus, mergulha e sai com um peixe, DEUS coloca o peixe nas suas mãos.

Porque? Só fui saber algum tempo depois... ele perdeu totalmente a visão aos 19 anos, vítima de um choque elétrico, feliz por não ter morrido é uma das pessoas mais geniais, espirituosas e felizes que já conheci. Nada o faz desanimar e reclamar da vida. Quando o conheci, descobri que seria difícil encontrar nesse país outra alma como a dele, poucas conheci com essa grandeza e leveza de espírito, um exemplo na minha vida!

Mil salves para mestre DAMASCENO de Salvaterra, na Ilha de Marajó.

Na Bahia

Vivi muitos anos na Bahia, e de lá guardo muitas histórias... boas e nem tão boas assim, jocosas, divertidas, perigooosas e algumas engraçadas, estão gravadas em mim.

Como o dia melhor (noite) em que meu carro foi roubado em Piatã, na frente da casa da Lelé, o dia... já era difícil, dia dos namorados e eu recém tinha acabado... outro babado...

Meus amigos resolveram me levar para esse jantar de celebração... vários casais e eu... (animado... rs) quando saio vejo meu carro arrombado e tudo que nele estava guardado... já não estava mais ali não.

No dia seguinte arrasada, mencionei o fato no meu programa diário na televisão, e não é que pra minha (nossa) surpresa, depois de assistirem ao meu apelo, pelas pastas e agenda de trabalho... telefonaram de um orelhão, dizendo para eu ir sozinha perto de um buracão, buscar minhas coisas...

Fui com meu irmão, acho que o Marcos e o Rodrigão, e não é que estava tudo espalhado mesmo no chão do lugar, o que para eles não tinha valor, para mim era o mapa da mina em questão...

Se eles soubessem decodificar os nomes e os endereços de telefones bacanas que existiam naquele agendão...rsrsr.

Para cada artista eu sempre colocava um codinome, pra proteger a privacidade dos tais, e não é que funcionou duplamente, a agenda na minha mão... e os telefones não descobertos!

Impossível não ser grata ao povo baiano, mesmo me assaltando (esses em questão) eram meus telespectadores honestos, me devolveram o que eu mais precisava, depois disso, foi uma festa lá na nossa produção!

Luciana gravando em dia de Santo, pelas vias de Salvador.

Livre

Enquanto a vida segue, eu sigo com coração leve daqui...

Falar, olhar nos olhos e ver o que sobrou e não sobrou me alivia... Enfim, agora realmente recomeço livre esse começo de nova vida, nova fase, novo amor!

Inverno

Sincronicidade

Muito já foi dito sobre essa "palavra" mas muito mais é perceptível quando nos deparamos com o fato.

Fato esse, que acontece como se "todo o Universo estivesse conspirando para isso acontecer"... e está.

Somos co-criadores do nosso mundo, tal qual o vemos, pensamos e imaginamos.

Nosso pensamento bem dirigido, realmente remove montanhas ou as coloca sobre nosso próprio caminho, como um enorrrme obstáculo.

Somos nós quem "inventamos" os capítulos mais engraçados e desastrosos também. Lendo, parece meio pernóstico e afirmativo demais, mas creia, é assim mesmo.

Quando você pensa muito em algo e envolve um sentimento nesse pensamento, ele literalmente ganha força e acontece. Tanto para o bem, como para o não tão bem assim.

Se ficarmos pensando: "sempre me atraso, sempre as melhores vagas são preenchidas antes da minha chegada", pare para observar por um tempo e assim sempre será.

Verdade para o oposto absoluto, você, eu, Ele criamos nossa própria história nessa Terra onde agora estamos. Muito esotérico, pseudo espiritual? Não, chega a ser comprovado física e cientificamente a partir dos átomos e moléculas. É tão simples que parece que preferimos complicar. Posso narrar muitas e muitas histórias por mim vividas e comprovadas de que crio para todos os lados em minha vida, bons momentos e ruins, você também o faz e talvez não tenha notado, ou até tenha. É mais fácil atribuir essa CRIAÇÃO a algo mais... misterioso, inatingível ou irreal.

Do tipo "eu não acredito em bruxas, mas que elas existem... existem".

Somos nós mesmos, nossos anjos e demônios, salvadores e algozes, mas até relembrarmos isso, sofremos com um monte de "perseguidores", más energias, olho gordo, inveja, etc, etc, etc..."

Não estou dizendo que maldades não existam, de certa forma, acreditando nelas damos mais força para que se solidifiquem, mas entender que somos um com Deus, somos realmente seus "filhos", fazemos parte da Santíssima Trindade, somos co-criadores desse Universo, parece extraordinário ou ingênuo demais. Vou além, certa vez escutei de uma amiga que me repreendeu dizendo; "não é o que se diz, é como se diz..."Podemos aprender pelo amor ou pela dor. Se escolhermos o amor, a vida fica mais harmoniosa, equilibrada e ganha sentido.

Se escolhermos a dor, criaremos muitas situações onde vamos experimentá-la, repetidas vezes, até decidir sair dessa roda de samsara.

Eu a partir de hoje, escolho aprender nessa vida pelo amor! Acreditando que o outro lá fora, também é parte de mim, só verei o bem onde quer que eu vá e mesmo que algo nem tão belo assim aconteça, a lição é perdoar e seguir em frente... cansei de repetir a mesma lição, por isso tomei essa decisão.

Ah, gosto...

Eis que volto a cena da vida, com ares de vida corrida e a sensação de ser esquecida naquilo que mais me apraz. O tempo, o relógio, a vida, que por vezes não finda de pedir um pouco aqui "bucadin" acolá.

E o lá que existe é onde moram os sonhos? ...de esperanças festivas e de quem sabe algum dia...

Dia, noite, dia, madrugada vazia, o tic-tac constante, mas já não o bastante pra calar o silêncio sentido e profundo que a alma anseia poder captar, sentir e ultrapassar.

Ar, chuva, lembrança... um gosto de quando criança achar o que ninguém mais viu.

Ver aquilo que outrora lá na casa da Aurora, brotava que nem a toalha na mesa, coberta por não mais poder... esconder da gente aquela fartura, aquele carinho contido dentro de cada pote fechado do doce que estragou de tanto que se olhou e não viu.

O frio, o cinza, o nebuloso, o final de semana chuvoso e um tio todo orgulhoso que contava piadas sem graça, lá no meio da praça, com tamanha vontade que até nos fazia sorrir.

Cheiros, lembranças, fogueira e comilança, com rimas, modinhas e afins, jeito de ser querubim, achando que o fim não chegava e que a noite era encantada, já que na cabana feita de pano, o mundo era todo e só meu.

Orfeu, morreu... gritava a tia assustada, mas que gato maldito, eu já não havia dito, que o pote era pra festa da Esperança?

Não chore ele volta, bichos são anjos que te esperam no céu...

- no céu dos cachorros mamãe? É sim, nesse aí...

E o fim justifica o começo com todo aquele arremesso, o forte, o fraco e o afim???

Mas qual será o começo e o que é mesmo o fim?

Do que menina, para de ficar escondida, sua tia já foi e você não vai mais.

Ufa, finalmente um dia só meu, sem sorrisos forçados, fofocas sobre supostos passados, ex-namorados e gente que foi e não vem mais.

Um dia só meu? Pra ler todas as linhas que não escrevi, ver os quadros que nunca pintei, ouvir as músicas que ele nem tocou.

Quanta melancolia... não, só tava lembrando da tia Lia, essa sim fabulosa, com jeito de fruta frondosa tirada do pé. Grama que agarra, toalha jogada, um tapa ou uma bofetada?

E agora o que eu faço?

Como mais um pedaço de bolo, viajo pra todos os lados e por onde passo acho que me acho e volto pra casa de novo, sentindo que nada é de novo, novo outra vez.

...penso, logo insisto... Luciana Dias

Mala arrumada, passagem comprada, uma vida tão esperada que já não vai vir.

O amigo que era e não é mais, amiga que foi sem nunca ter sido, o pobre do marido esquecido na casa já toda pintada com massa corrida pregada na parede do quarto vazio, que frio.

Poesia, esperança... uma vontade de entrar nessa dança e nunca mais parar.

Sonhar com o filme não visto, a viagem não feita... ora menina, cresça!

Você já sabe de cor, que cor tem sua fala?

E fala, mais não permita que quem cala consinta e sinta-se bem por ter alguém a quem lhe prover, porque assim é mais fácil a vida minha filha.

Não sonhe demais, viva... apenas, viva e sinta que a vida vale a pena e o coração nem condena quem ama demais.

Ele era o certo mas nunca viu, ela era certa e nem percebeu.

O que aconteceu com o gato?

Ele tem 7 vidas e se nessa não ganhou a corrida ainda tem de sobra mais 6.

E vocês vão para onde? E esse onde fica longe? Será que é muito distante daquilo que sinto constante com vontade de quero mais?

Vazamento

Hoje aconteceu de uma culpa chegar... até que ponto eu sou responsável, ou não sou, ou todos somos, pelas mazelas e sequelas do mundo?

Nunca gostei muito dos círculos onde todos descascam qualquer ser ou assunto como exímios juízes e/ou especialistas, tipo: "técnicos da seleção brasileira em copa do mundo"... o certo "era se", "eu faria assim", "ele tinha que ter feito assado"...

Please, não julgue ninguém, e não por preceitos religiosos fervorosos apenas; "não julgueis para não serdes julgados..."

Não se pode julgar, quando não se faz melhor, ou sabe dos motivos que levaram alguém a... e pronto.

Vamos deixar de enrolar e arregaçar as mangas, calçar as chinelas, sair do salto e fazer algo a respeito do muito que se tem para melhorar?

Podemos começar pela nossa: aldeia, sociedade, bairro, cidade, estado, país, planeta!

Esse questionamento, começou com apenas um vazamento, num chuveiro daqui de casa, que insiste em vazar, vazar e empoçar.

Já vieram três especialistas e o caso só piorou... então hoje, me sinto péssima em ser conivente com o nada a fazer...

Se as gotas que caem sobrando aqui, caíssem nas latas de quem espera uma para beber, seria uma bênção.

Me vejo a essa hora, tomando um bocado de providências, enchendo baldes e baldes com as mãos para tentar minimizar o desperdício, porque insisto, se sou conivente sou culpada também...

Então passarei a madrugada rezando para amanhã cedo realizar o meu plano de achar um "consertador" como Sancleide a nossa assistente insiste em chamar: o encanador, o pintor... etc, etc, etc.

Queria também achar um "consertador" para todas as dores do mundo sarar... ah sábia Sancleide, esse é mesmo o nome do homem que precisamos achar!

Gift Box

Hoje, pensando um pouco na vida, coisa que faço muito ultimamente... pensei em algumas maneiras simples e facílimas de tentar melhorar a minha vida, a dos demais e do planeta... sem desculpas para isso ser trabalhoso.

Simplificando tudo no momento, passei a noite não dormida criando metas; desde fechar realmente a torneira enquanto escovo os dentes, a parar de esquecer a sacola retornável quando vou fazer compras, a não comprar nada feito em países que usam mão de obra escrava ou infantil, etc, etc, etc... e a finalmente ter coragem de ensinar de fato aquilo que sei e ter humildade para aprender aquilo que finjo saber.

Nada como uma noite não dormida para mudarmos nossa vida e a do mundo inteiro também... rs.

Pois bem, mexendo em minhas correspondências recentes, encontrei uma carta; (raridade em tempos de twitter, facebook, msn e sms) isso mesmo, uma carta de uma amiga que mora no interior da Bahia, a qual certa vez, mandei uma caixa repleta de gifts carinhosos. (livros já lidos, bolsas que nunca usei, sapatos idem, roupinhas, cds, dvs, canetas... tudo que encontrei sobrando em uma das minhas mudanças e não cabiam mais nas caixas...).

Meio que: "fenguishuizei" a vida!

Pois bem, minha amiga narrou na missiva o quanto ficou feliz com a "gift box" e como foi divertido dar sentido as "coisas" enviadas, mas principalmente ao amor nelas contido...

Ela aproveitou para dar uma olhada no seu guarda-roupas, e também fez uma outra caixa e enviou a uma prima que mora em Bento Gonçalves, (se lembrou que morava numa região quente e não precisava de tantos cachecóis, casacos, mantinhas, blusas de lã, etc, etc...) coisas que vinha guardando e nunca usava.

A carta me contava o que a caixa representou para prima, que por sua vez, mandou de volta para outra amiga delas em comum, e você já pode imaginar onde isso vai dar...

Então lembrei do sincerão aqui, que tal, dar uma olhada com carinho nesse fim de semana ou no próximo... naquelas coisinhas que entopem o armário, foram caras, vindas de momentos impulsivos ou meramente consumistas... e na real não tem a menor utilidade?

Ao invés de deixar pra depois, que tal dar espaço ao novo em sua vida, abrindo mão daquilo que não "te pertence" mais???

Arrumar uma caixa, um endereço de alguém que você quase esqueceu que ama, pelo tempo, distância ou *anyway*... e experimentar uma das melhores sensações da vida??? ...o DESAPEGO!!!

O desapego com carinho e amor, pode representar muito, muito mesmo para alguém que não seja apenas... si mesmo (a).

Vamos exercitar os músculos do coração, do rosto... dos braços... criando assim sorrisos de surpresa?

Todos temos nossos amigos que há muito não falamos, sabemos a respeito, primos que nunca temos tempo de visitar, mas por quem guardamos aquele carinho com gosto de quero mais?

Cá entre nós: "a gente só é verdadeiramente feliz, quando faz alguém feliz"!

Bóra tentar?

Queria me surpreender

É, mais uma vez a razão vence a emoção... e aqui dentro eu ainda queria me surpreender;

com uma gentileza inesperada,

um olhar de gratidão,

a mão estendida corajosa,

uma indicação, o contrato recém assinado,

a ressurreição,

a bola na trave que entra,

a certeza da obstinação,

a letra da música que fala,

bem direto ao meu coração,

o elogio que chega na hora certa,

a alegria no lugar da aflição,

a verdade falada docemente,

uma boa programação,

o suspiro que sai aliviado,

a tranquilidade da contramão,

o vai e vem constante,

a nobreza da consolação,

um final de semana comprido,

a taça de sorvete na mão,

um toque uma delicadeza,

não a surpresa da constatação...

que tudo que não era, já foi,

um tempo para meditação,

queria a surpresa da passagem

comprada, não a desculpa

que não colou não...

queria me surpreender e estar

enganada com essa minha intuição,

que mais uma vez não vi direito

a quem era, que entreguei meu coração.

Thunderbird e Luciana Dias

Abaixo o COVER

Acho literalmente uma falta de criatividade total o COVER, seja musical, teatral, publicitário, cinematográfico ou na vida real.

De tanto que abomino, criei junto com um amigo o "Primeiro Rock Festival" do Paraná, já há muitos anos atrás, acho que 1992 ou 93, isso não lembro.

Mas, foi sensacional!!!

Eu tinha na época, em Curitiba um programa na TV Manchete, uma espécie de "revista eletrônica" semanal o TVM, repleto de novidades e agenda cultural, sorteios promovidos pelo Boticário, um desfile das bandas locais e seus repertórios nem sempre originais.

A parte do programa que cobria teatro, era uma beleza, moda, publicidade... tudo funcionava, só o que me incomodava era ver tantos músicos bons, fazendo COVER de alguém. Lembro do Dr. Smith, Bethoveens, Ipsis Literis, Gypsy Dream... e mais uma porção.

Eu que já era ousada, resolvi dar uma mão... para irem em outra direção, criei o Festival para incentivá-los a tocarem suas próprias composições, e com meus contatos lembro ter conseguido, passagens aéreas para os jurados, uma viagem para Aruba a ser sorteada no dia da exibição para platéia, e para os três primeiros colocados vídeo clipes, profissionais... e um CD para o primeiro lugar, feito pelo estúdio Alma Sintética, o melhor da região.

Contei com a ajuda de Sérgio Sofiatti e meu irmão André Kritski, para redigir os ditames da ficha de inscrição e as normas da realização.

Renatinho Burgel para a gravação do CD, e hospedagem do nosso artista convidado especial... com Mário Nicolau para fechar o Coração Melão, palco das nossas bandas e a contratação de uma grande atração... que foi "Gabriel, o Pensador".

Com minha ingenuidade liguei para a MTV, e por termos os nomes parecidos, TVM... rs, pedi para falar com o diretor de programação, e falei com o Zico, pra quem pedi emprestado um VJ para ser jurado também, ele mega gentil, acho que se assustou com tamanha ousadia, e nos mandou "emprestado" Thunderbird... que eu distraída no dia com tantas coisas a resolver, esqueci de pegar no aeroporto, estava na época já usando um celular, um NEC tijolão, eis que do outro lado da cidade, uma hora de atraso, ele esperou e me ligou: "ei cara", vocês não vem me buscar não?

Lá em casa já estavam hospedadas, Andréa Rock and Roll e uma representante da 89 FM do Rio, todos nossos jurados e encaminhadores dos nossos novos talentos... eita tempo bom!

Nicolau também era responsável pela divulgação na FM do grupo da Televisão, não lembro direito mais acho que era Cidade FM e da mega faixa do palco também, lembrei.

Gravamos chamadas especiais para passar no telão antes que cada banda subisse ao palco, mega infra estrutura, o

Coração Melão LOTADO, e eu de Cabidella apresentando "AO VIVO" do palco com Thunderbird e Rodrigão.

Uau, que festa, ficaram mais de mil pessoas para fora, sem conseguir ingressos para entrar, as bandas COVER da cidade levaram uma legião de fãs, e familiares, rs. Mais o show do Gabriel Pensador no auge, um aglutinador!

E isso tudo é pra contar que DETESTO COVER há muito tempo, gosto mesmo de quem tem ousadia e se arrisca, faz sua própria linguagem de comunicação, então decreto ABAIXO cópias, chega de falsificação!

Que tal soltar as amarras, ousar e criar... mesmo que a princípio seu público seja menor, será com maior convicção.

Chega de referências dos outros, vamos virar REFERÊNCIAS então!

Minha vida é andar por esse país...

"Pra ver se um dia descanso feliz... guardando as recordações, das terras onde passei..."

Versos truncados escrevo agora, lembrando a música do Rei do Baião que mais amo na vida. E minha vida assim é, nasci viajando e viajo até hoje como ninguém. Meu pai certo dia me disse: "uma pessoa só é interessante se tem bagagem, e pra ter bagagem, é preciso ter muita quilometragem", ouvi e nunca mais parei de viajar...

O ápice foi conseguir casar o amor pela estrada com o trabalho no Oi Brasil, programa que desenhamos pós o sucesso do Oi Folia, vale um adendo ou capítulo inteiro, como incentivo para você não desistir de sonhos.

Um dia, de férias na nossa casa de praia, assisti um comercial que chamou a atenção na televisão, e pensei, é com essa gente que tenho que falar. Tratava-se da campanha de lançamento da OI, e a assinatura com aquelas criancinhas me conquistou!

Passado um tempo, fui falar com nosso querido presidente do Grupo Bandeirantes sobre a ideia de fazer um programa itinerante, um pouco diferente dos moldes do Calçadão que tínhamos testado no Canal 21.

(Sempre ao vivo, diariamente das praças de São Paulo, capital) Queria juntar num só lugar os muitos brasis que já tinha conhecido.

Johnny Saad disse que adorava a ideia, mas que eu tinha que achar um parceiro financeiro, o programa seria muito caro, custo de desvendar um país!

Dinheiro... simples assim... (?)

E saí em busca daquela que seria minha maior patrocinadora... a OI.

Como chegar? Tinha um amigo, de uma amiga, de uma amiga, o Zé, que trabalhava na NBS, mas ele não se empolgou em fazer a apresentação, e me avisou docemente como era difícil chegar ao "homem" que decidia as coisas por lá.

Sr. Alberto Winkler Blanco na época... sem o telefone, contato de e-mail e sem saber como fazer, optei pelo mais simples, tal qual o slogan deles, comprei um aparelho pré pago da OI, com chip do Rio e liguei para a Central de Atendimento aos Clientes, querendo falar com o marketing, rsrsrsrs.

Primeiro vi as vantagens e deficiências do sistema, para ter assunto na hora H.

E não é que funcionou, cheguei de andar em andar sendo passada, até uns novos números de telefones pegar e chegar na Laura, secretária do Blanco.

Já fui agendando e ela; "mas ele conhece você?"

(eu) hum... não, mas vai conhecer!

Foi a resposta que pensei e não lembro se dei, desconversei e criei um plano...

Fui para o shopping da Gávea assistir um filme para espairecer e na saída vi aquelas flores lindas, mandei...

Numa loja de presentes achei um rolo de papel higiênico com notas de dólares impressas, (imagine o que eu queria dizer...) estranho, mas imaginei que combinasse com meu plano, e também mandei.

Sei que na semana seguinte meu telefone toca, com a simpática Laura a marcar uma reunião com o tão esperado e difícil rapaz. Me vesti casual, e fui... tremendo.

A Laura já veio dizendo, pena... você é a menina das flores e do papel?

Sorri e disse que sim, ela deu uma gargalhada, achava que era coisa de alguma ex-namorada ou amigo brincalhão, mas não, era eu mesma em questão.

Ela me ofereceu um café e disse, mudaram os planos, ele recebeu um telefonema urgente e teve que ir prá SP, saiu agorinha, vamos deixar para uma outra vez.

Eu, olhei para onde deveria ser a tal mesa do "Blanco" reconheci porque minhas orquídeas ainda estavam por lá, ela disse, são tão lindas que eu deixei pra ele ver...

E pensei, o que será que posso mandar semana que vem... (?) abaixei para deixar um bilhete engraçado, quando olho um mocinho todo molhado de mochila nas costas subindo as escadas e a Laura com uma cara desconsertada, disse, menina, você tem mesmo sorte... ele voltou !?

Eu já ia me animando quando o dito passou por mim, sem me dar nenhum espaço, falando no celular, chamou a Laura e eu vi quando ele me dispensou, e pensei, hehehe, não vai ser tão simples assim dessa vez.

Fiquei parada no alto da escada, falando com ninguém no meu celular, e a Laura toda assustada, tentando desmarcar, desistiu, aprendi rapidinho com ele, como não deixar uma pessoa falar.

Luciana com Ana Maria Braga.

Assim que ela sentou e pegou o telefone, fui eu quem voltei a querer conversar, ela sorriu e disse você não vai desistir? Ele vai demorar pra sair, perdeu o voo e tá uma arara...

Eu nem ligo, disse sorrindo... posso esperar.

Ela; ai meu Deus, espera, mas não vou garantir que ele vai falar.

Eu sentada, e eles... cada um num canto da sala enorme, onde todas as pessoas da Oi trabalhavam unidas, e eu nem fiz cara de esquecida, lia e se ele olhasse... sorria, pra mostrar que não tinha desistido não.

Não teve jeito, uns 40 minutos depois, ele sem sair do celular, veio de mochila nas costas com cara de agora não dá, eu levantei e fiquei no meio do caminho, meio que o na frente da escada, rsrsrs.

Ele disse, o que você quer falar comigo, pode falar em um minuto?

Eu disse, sentando na mesa, não, mas você vai gostar de escutar, ele saindo disse, então vem, você tem o tempo que o elevador chegar, e literalmente nesse tempo, falei do projetos e como seria, esperamos os dois, táxis na saída da Oi, veio uma chuva, aumentou o tempo do meu argumento, e no dia seguinte, véspera do Natal, eu tinha uma reunião com toda equipe da NBS, aquela agência que o amigo da amiga não quis me levar não, e todos lá bem cedinho na véspera de tal data estavam, e saímos com o contrato assinado para o OI Folia que deu origem ao programa Oi Brasil na sequência.

Essa parceria foi um case de sucesso, e ainda tem mais gente que fez parte desse segundo tempo aqueles que sempre agradeço, Homero e Marcus Baldini que acreditaram na ideia e apesar das nossas divergências, criamos um programa bem conceitual. No final da saga, contabilizamos no patrocínio: a TAM, SIEMENS MOBILE, FORD e MITSUBISHI, fora as parcerias que foram traçadas...

Acentos

Peco desculpas pela falta de acentuacao, eh que estou usando outro mac e nesse nao acho a configuracao...

Esse comeco de ano, chegou meio que... arrombando, literalmente em alguns sentidos tambem...

Tivemos assaltantes em casa, e ate minhas romaas foram levadas, acho que agora elas deverao ser plantadas, ja que espalhadas... estao.

No meio do transtorno e alvoroco, apareceu aquele moco, por quem meu coracao um dia cantou, nao canta mais e isso feliz me faz.

Aconteceu, que no final do ano, tive alguma ajuda la do plano SUPERIOR, e achei ou fui achada por alguem que muito me apraz...

Ele eh gentil e sensivel, inteligente e reservado, carinhoso e eu adoooro imaginar que ja eh, meu namorado.

As vezes a sincronicidade acontece aqui ou em qualquer

outra cidade, e aquilo que acreditamos no tempo da mocidade, volta a ser referencia e verdade...

Estou assim, amando alguem novamente, que me faz contente soh pelo fato de nesse planeta estar, parece piegas, mas juro que amar nao eh brega, brega eh nao conseguir amar...

No mais, vou daqui escrevendo e pensando no meu proximo ano, que comeca agora de novo, como um recomeco feliz...

Luzia a primeira brasileira

Ainda gravando para o Oi Brasil fomos a Lagoa Santa, onde uma dúvida adormecida, reascendeu... acompanhem meu raciocínio...

Quase todos os brasileiros sabem ou já estudaram que no dia 22 de Abril de 1500, o Brasil foi descoberto por Pedro Álvares Cabral??? Certo? Há controvérsias...

Eu nunca acreditei muito nessa parte da história, desde os tempos de colégio, lembro de ter perguntado para as professoras que tentavam me ensinar essa lição, se:

- Os índios que estavam aqui, não descobriram primeiro?

- Na verdade os portugueses só invadiram né? (Elas nunca concordaram com o meu ponto de vista... e final de questão?)

Mas no fundo eu sabia que essa história estava literalmente mal contada. E haviam traços notórios que outros navegantes já tinham aportado em nossa vastíssima Costa.

Na verdade eles, os portugueses, nem queriam descobrir nada... talvez precisassem apenas de bússolas ou mapas melhores... pegaram "o caminho errado para as Índias" e disfarçando, cometeram uma invasão no novo território, é como vejo.

Como será que estão ensinando essa lição hoje em dia, com a descoberta de Luzia??? Como foi batizado o crânio mais antigo das Américas, descoberto na região de Lagoa Santa, Minas em Gerais em 1975?

Até então, acreditava-se que antes de Cabral e Colombo, o Continente Americano tivesse sido ocupado uma única vez, pelos antepassados dos índios atuais! A descoberta de Luzia, descarta essa versão e muda a nossa história para sempre!

O fóssil humano só foi devidamente identificado alguns anos mais tarde e para surpresa geral, descobriram que o mesmo tinha 11.500 anos e era de uma mulher com traços negros.

Ou seja, durante "onze mil e quinhentos anos", Luzia permaneceu intocada, coberta por aproximadamente 13 metros de detritos minerais, numa caverna. Passaram mais de 100 séculos para a mais antiga brasileira, ganhar notoriedade no mundo científico internacional!

A pedido da BBC, a Universidade de Manchester na Inglaterra reconstitui a fisionomia de Luzia, confirmando o que já havia sido revelado no Brasil, sim, Luzia era uma mulher de aproximadamente 20 anos e negra.

Contrariando os antigos estudos que afirmavam ser o povo indígena, o único a ter ocupado o solo brasileiro antes da chegada dos portugueses.

Então me ocorre novamente a pergunta, teriam sido os portugueses que realmente descobriram o Brasil, ou apenas o povo que a quis reconhecer como uma conquista para si, primeiro?

Sinais

Durante toda minha vida, fui presenteada por sinais... de trânsito, de fumaça, de perigo... e outros mais espirituais.

Não sei se acontece com você, de sonhar que está voando e essa ser uma sensação quase real.. .sonhar ás vezes com coisas que acontecem, enfim, acredito que todos temos esses e outros sinais especiais a nos acompanhar.

Em 2003, quando estava gravando o programa viajante de TV, fomos para Serra do Cipó em Minas Gerais, assim que amanheceu dia 24 de junho tive uma sensação estranha, nem boa, nem ruim... mas a noite, quando estávamos indo pela estrada de terra para um ritual da festa de São João, chamada por lá de Candombe (uma espécie de sincretismo religioso da festa africana para a católica), passou dando um razante na frente do carro...uma coruja branca, sem semelhança a de Harry Potter, mas com um quê especial para mim (essas corujas sempre apareciam quando algo ia mudar...).

Falei na hora pro MV (Marcus Baldini), isso é um sinal. Ele olhou e deve ter pensado; qual?

Chegamos na festa, lindinha, cheia de fé e magia, de gente simples da lavoura... em volta de uma casinha pequena só na forma, porque dentro cabiam mais de cem em frente ao altar, e lá fora, num mastro a bandeira do Santo Menino e do lado uma fogueira grande que quase chegava no céu...

Conversando com a gente de lá, soube por um moço... que mais tarde haveria um teste de fé!

Depois da meia noite, enquanto o menino dormia, os mais corajosos e fervorosos na fé, passavam a fogueira, pisando nas brasas, com os pés... (descalços).

Ah, se isso era teste de fé, eu muito ingênua ou arrogante talvez, disse... quem tem fé não queima o pé? Vou também...

MV, tentou fazer com que eu desistisse, mas se ele disse não, aí é que eu faria, tínhamos uma rixa aberta e uma admiração velada...

E eu fui, pedi para o Rodrigo nosso cinegrafista se posicionar e o MV, vendo que eu ia, se posicionou com a outra câmera também, eu vibrei, descalcei os pés, e fui concentrada... andei cerca de uns dois metros sem nada sentir, até que alguém me chamou e me desconcentrei... comecei a sentir meus pés afundando... a cada centímetro mais naquelas brasas ardentes... andei mais um ou dois metros assim, atravessei e do outro lado quando cheguei, levantei os braços, parecendo querer correr para o abraço e o gol comemorar, nada... era dor controlada, assim que percebi que não estava sendo filmada, desmaiei com os pés em larvas, doendo de uma forma que não consigo explicar.

Enfim, fomos todos parar num hospital a 18 km dali, eu durante todo o caminho da estrada chorava de dor, e quando chegamos soubemos que a última dose de morfina já havia sido aplicada, num repórter da Folha Ilustrada que também tinha falhado na fé.

O médico bem simpático, tentou explicar que racionalmente não dava, eu com aqueles pezinhos fininhos, tentar competir com a galera da enxada, com os pés um pouco mais calejados, talvez.

Fiquei frustrada e impossibilitada de andar, tive queimaduras profundas, atrapalhei as filmagens, e era de colo em colo levada para terminarmos a saga de Minas Gerais.

Demoraram dois meses inteiros até um Xamã verdadeiro eu conhecer e depois de um ritual na Chapada dos Veadeiros, conseguir com um guizo de cascavel, andar outra vez.

Alguns anos passaram, para eu entender essa saga... era um sinal, eu fui iniciada num ritual, trocando de pele, criando casco, para poder depois do meu acidente, novamente reaprender através da fé a andar.

José Augusto Berbert de Castro

Já faz alguns dias que venho pensando nessa grande e genial figura que tive o privilégio de conhecer, entrevistar, visitar, trocar ideias e me tornar amiga...

Zé Augusto, conhecido durante anos como o mais raivoso homofóbico brasileiro, (rs)... não era nada disso, certa vez me confidenciou que nem homofóbico era de verdade, já tinha se arrependido de um dia sê-lo, porém gostava da polêmica... e era orgulhoso demais para se desdizer!

Ele não parecia em nada com um tiozinho, avô... normal, além da aparência pra lá de carismática e simpática. Era sim uma enciclopédia ambulante, dono de uma memória incrível e de uma cultura exemplar. Além de médico, jornalista era um excelente marido, pai e avô.

Todas ás vezes que visitava a casa do Rio Vermelho, dona Lícia me recebia com tanto carinho, como se fosse alguém da família, sempre impecável, linda e gentilíssima... ambos pareciam mais um casal de eternos namorados.

Quando entrávamos no escritório que ficava fora da casa, ele sempre apontava o final do terreno e dizia; "Jorge e Zélia moram ali, somos vizinhos de fundos"... fazia outros trocadilhos engraçados com o fato e certa vez, encontrei minha amada Dona Zélia lá, fazendo uma visita rapidinha.

Quando enfim, entrávamos no "seu" espaço, dona Lícia delicadamente nos deixava a porta, perguntava se queríamos beber algo e deixava o marido contar suas histórias geniais sozinho.

Ver seu álbuns de fotos, era uma viagem ao paraíso cinematográfico... Zé Augusto Berbert esteve a convite dos estúdios em Hollywood, várias vezes em Los Angeles e guardava as histórias, conversas e situações pitorescas que passou com seus novos amigos de infância... os astros da década de 60 e 70.

Ser o crítico de cinema a mais tempo em atividade no Brasil, não o deixava "esnobe não", na verdade... não se considerava crítico de cinema coisa nenhuma, dizia que o povo gostava de ler sua coluna, por ele escrever como plateia para plateia.

Exatamente por isso era genial, não queria ser pseudo intelectual nas linhas, ele já era no ser... então traduzia para simples mortais o que via e sabia como ninguém comentar.

Foi lá também que soube da amizade dele e Jorge Amado, vi vários livros que o amigo trazia de suas viagens autografados para Berbert, e ele contando emocionado que Jorge quando estava ganhando um livro por exemplo de Neruda, dizia: "... autografa aí para o meu amigo Zé lá da Bahia, ele vai gostar..."

E assim por anos seguiu, mantendo a tradição. Ah, Zé além de ex-excomungado e ter escrito um livro sobre o tema, também é personagem em livros de Jorge Amado (O Sumiço da Santa). E atuou no filme Tenda dos Milagres.

Foi lá também que soube que irmã Dulce que era sua prima carnal, adorava jogar futebol.

Luciana com Zélia Gattai e Zé Augusto Berbert

Como médico, trabalhou anos lado a lado com a prima nas Obras Sociais. Se dizia ateu, graças a Deus... bobagem, era um homem de uma enorme fé.

A última vez em que nos encontramos aliás, foi na Missa de Irmã Dulce em 2006, quando eu estava acompanhada de minha mãe e Dulcinha, sua prima também, entregando a minha cadeira de rodas e muletas para Dom Geraldo Magela. Ele ao me ver, começou a chorar e acabei eu, recém aprendendo a andar novamente, amparando.

Ele era cá entre nós, uma manteiga derretida, de um coração enorrrrrme e nobre demais para as épocas atuais. Um homem dos anos 20, que durante 60 anos manteve sua coluna no jornal A Tarde, sempre atualíssimo e antenado demais.

E tem mais, foi ele também que me confidenciou que o Major Nelson, personagem vivido por Larry Hagman, aquele mesmo da Jeannie é um gênio, tinha vivido antes da série, em Salvador e era seu vizinho, ambos se reencontraram em Hollywood e Zé acabou fazendo uma ponta num dos episódios da série, onde depois de uma piscada, virava um coqueiro...

Que saudade daquelas prosas saborosas... que falta ennnorme sua nobreza me faz! Pronto, escrevi sobre alguém que como jornalista me encantou e como ser humano me emocionou!

Sarah

Nem sei como explicar, por onde começar e o que escrever, mas preciso desabafar antes de desabar de novo e começar a chorar... já chorei tanto de ontem pra cá, que meus olhos quase não sabem quem é quem.

Como é que se pode amar tanto um ser tão pequenininho assim? Costumo dizer que cães não são bichos, eles são anjos com patas...

Minha pequena Sarah nasceu em 28 de outubro de 2004... Filha de Jou-Jou e Channel. Uma linda pequena fera, filhote de spitz alemão, que no Brasil chamamos Lou-Lou da Pomerânia. Ganhei de um casal que eu amo, e são meus compadres.

Queria tanto ser mãe naquele ano, mas isso parece que só estava nos meus planos, e a gravidez esperada não aconteceu. Então, ganhei Sarah...

Como fui buscá-la no Rio de Janeiro e estava na Chapada Diamantina na época, assim que saí da casa da Bia, fui com

Sarah

Sarah num lindo pet shop e fizemos a festa, para tudo que ela iria querer e precisar. Eu querendo fazer enxoval de bebe, transferi toda minha vontade para Sarah...

Chegando no avião, ela era tão leve e pequena que embarcou comigo, pronta para ir no meu colo, que nada, era tão linda e quietinha que foi convidada pelo comandante da aeronave e viajou na cabine com a tripulação.

Sarah fazia sucesso onde chegava, ás vezes por ser diferente, a maioria das vezes pela educação. Sempre foi uma lady, elegante até quando pulava nos rios e riachos lá no Chapada. Adorava nadar na minha direção, só não gostava de piscina, acho que o cloro a incomodava, mas vez por outra lá vinha Sarah na piscina também.

Arteira nunca foi, sempre foi dona do lugar, esse... era onde estivesse, não deixava de rosnar para qualquer outro bicho dizendo, não mexa comigo não.

Conosco era só sorrisos e delicadezas. Vivia no colo e adorava sair pra passear. Viajou quietinha pra todo lugar, de carro, bote, barquinho, navio, lancha, uma vez de jet ski, de trem, de caminhão, caminhonete, charrete, o que importava é estar no meio da confusão.

Dormia enquanto eu dormisse, e não gostava que ninguém viesse me acordar não.

Adorava ficar comigo na rede, tinha medo de fogos de artifício, o que no início era suave, nesse último ano, deixei meus planos pra lá, e fiquei com Sarah até o último traque estourar...

Ainda bem que fiz isso, penso agora.

No tempo que eu estava no hospital, volta e meia vinha ela, escondida dentro da bolsa da minha mãe, só pra dar um sorriso e lambidas sinceras, que sempre faziam bem a minha recuperação.

Ela era de todos da casa e simpática com os demais, só implicava com o Lourenço meu gato preto que é o dobro dela, mas não tinha medo não. Até minha rottweiler, tive que mudar de lugar, para Sarah parar de ir "aperriar" Nazareh, na sua distração, Sarah roubava-lhe os ossos, comia sua comida, só pra dizer, você não manda aqui não. E a diferença de tamanho, uma com quase 70 quilos e a outra no auge da gordura chegava a 4kg.

Sarah era assim, um tudo pra mim, metade filha, meio irmã, bicho de estimação (?) , companheira fiel, presente em todas as horas e ocasiões. Recusei muitas viagens, quando diziam que Sarah não poderia ir... assim eu também não ia e fim da questão.

Mas do ano passado pra cá, o sopro no coração ficou mais evidente e também a fraqueza que tinha num pulmão...

Então ontem, cansada dessa vida e com outras obrigações, resolveu: aqui não querer mais ficar não, e partiu para em outro espaço morar.

A saudade é tanta, que só escrevo ou penso chorando, mas tinha que deixar aqui gravada minha eterna gratidão, no sincerão.

Sarah, você mora no meu coração!

Para Lan-Lan
(Elaine Hazin)

Por vezes finjo que insisto em tentar não lembrar, logo desisto e me vejo a olhar o passado nem muito distante, onde guardo aqueles que me fizeram ser ou chegar aonde estou... exatamente aqui, nesse lugar.

Me vi a pouco lembrando, do convite de casamento que era de pano (?) ou vinha numa caixinha, cheia de arroz... da minha amiga Elaine, no qual eu era madrinha!

Lembro que no dia do "ensejo" deu uma ventania danada e a festa que já estava toda programada para o Farol da Barra, mudou de endereço apressada para o que seria um dia, o hall da fama baiana, o Aeroclube Plaza Show, foi no Rock'in Rio ou Hard Rock Café (?) não lembro... sei que no mesmo palco algum tempo depois comemorando outra data, ouvi a Rebecca Matta, solando como ninguém.

Voltando para o casamento, eita evento que rimou com vento, aquele né Lan Lan?

Os noivos felizes, os Hazins todos unidos, eu de vestido comprido chorando no alto da escada, que emoção.

Elaine é dessas que encantam só pelo fato de ser e estar, aqui ou acolá... tem amigos em todo lugar! Dona de um sorriso exuberante, coração de gigante, pequena só de tamanho, é uma figuuura energizante!

O casamento, que sobreviveu ao tornado, durou assim como a canção de Vinicius... e no início do caos acabou. Durante a crise, eu acendia velinhas, incensos, cantava mantra a distância, cada vez que ela telefonava... eu em Canoa e minha amiga Quebrada, mulher tem disso, a gente vai fundo, cai, limpa as feridas e levanta, de repente volta feliz e contente, se sentido dona da gente e do próprio nariz... pronta para amar novamente e ser mais feliz!

Lan Lan, que falta você faz... Agora, pensando no seu niver que está chegando, deu uma vontade danada, de "fazer a inesperada" e na sua festinha dos "enta" chegar.

Porque minha filha, isso não é uma data qualquer, é quase um jubileu... e quem dera Deus, possa também presente estar!

No coração, nos presentes e num pouquinho de gente ausente eu sei que ele estará, na sua vida futura, no dia a dia constante, trazendo as flores de Madalena perfumadas que você adora cantar!

Beleza mora no coração de quem vê e enxerga, o que da maioria passa despercebida, e você minha amiga é uma primavera em flor, está no auge da vida e muita festa ainda vai celebrar!

Saudade da irmã que eu escolhi, e a vida generosamente me deu! Lan Lan, sou sua fã e esse capítulo é seu!

Para Orugan

Hoje um amigo da Bahia, me contou que está enchendo as caixas, esvaziando as gavetas e lidando com a partida do emprego...

Lembro que já passei por isso também e que não é fácil esse momento de incertezas, essa sensação de impotência, de final de ciclo...

Mas recomeçar é sempre bom, conhecer gente nova, ficar mais humilde e tentar entender quais as razões de fato, fizeram você não ser escolhido pra ficar...

Se reciclar, reinventar, se conhecer e tentar ouvir a voz do coração... Você estava 100% envolvido nesse antigo trabalho? Sentia que ele era sua missão?

Se não, agradeça o tempo vivido, levante... sacuda a poeira e dê a volta por cima!!!

Bóra partir para aquele antigo ou novo sonho, que pode estar ali... a um quarteirão!!??

Você, filho de gente guerreira, sensível e com bons ideais no coração, não se deixe magoar não. E quer saber, porque sumi do 7+7 ? Foi mais ou menos assim: Ganhei um estágio genial em Londres e por ingenuidade fui avisar ao meu diretor na televisão... de surpresa no dia seguinte, recebi um telefonema, com a minha demissão.

A viagem aconteceria só depois de quatro meses, avisei antes, porque achei que ele vibraria e que ainda poderíamos usar meu estágio para passar o que aprendesse para os colegas da emissora... nada, ele sabe-se lá porque "garrou um ódio" de mim, e foi assim, da noite pro dia que perdi meu programa naquela época, na televisão.

Mas quer saber, fora a depressão que rolou em paralelo e indignação, viajei, aprendi mais sobre a vida, voltei e estreiei na mesma emissora, só que em caráter nacional, no 21 o Calçadão.

Então nunca sabemos se o que parece uma benção é uma maldição ou vice e versa. Só sei que pra mim, valeu a pena. Ouvi a voz do meu coração, ganhei mais experiência, audiência e na época um dinheirão!

Se anime aí, ouça a sua verdade, e nela coloque toda a sua disposição!

Beijão.

Entrevistas Especiais

Dia desses, dando uma entrevista..."titubiei" quando me perguntaram: "...qual foi a melhor entrevista que você fez na vida...?"

Para não perder o costume indaguei: (?)

- Qual ou quem?

- Sei lá... o jovem respondeu.

Fora parecer meio óbvia essa pergunta, cá entre nós, imaginei... o que mais se há de perguntar?

Qual livro você está lendo? Sua música preferida? Uma cor?

E ri, lembrando do tempo em que essas eram as melhores perguntas que eu sabia fazer. Não sou celebridade, nem tão pouco famosa, ser entrevistada a essa altura já era um gesto de ternura de alguns alunos a quem anos atrás dei algumas dicas e aulas.

Refiz-me, aprumei-me e respondi: "peraí" deixe-me lembrar... não foi uma, nem duas, nem três, posso citar várias de uma vez?

O jovem jornalista se animou, em seguida viu a "roubada"... vai que ela não pára mais de falar e pega meu microfone... ai, ai...

E eu a princípio pensando que o mote era cinema, já que nessa área estou a algum tempo, mas não era... o que se há de fazer?

Responder... copio e colo aqui, o que foi dito mais ou menos assim: Lembrar de qual, ou de quem, é difícil assim de uma vez, foram tantas por motivos tão diversos que vou tentar resumir pra você.

A primeira, inesquecível, foi com Fernando Bicudo, que ia estrear a ópera Katirina... pus óculos, calça Lee e camiseta branca, fiz cara de *low profile*, e na hora H, travei, não tinha a menor ideia do que perguntar, isso depois de ter imaginado as perguntas umas cem vezes mentalmente antes dele chegar. Mas Fernando, educado e inteligente, percebeu meu ar adolescente e começou a falar... falou, falou, deu ponto e vírgula, e ficou fácil de editar. (pela generosidade, nunca vou esquecer a primeira vez, rs)

A segunda, na sequência foi boa, para tomar tenência e não deixar o ego se alojar.

Com a banda "Inimigos do Rei" em pleno auge, na turnê de 91, 92, 93 (?) e eu me enganei, troquei nomes, errei e errei, tanto que eles pediram um copo de água com açucar, para eu me acalmar, (imagine a vergonha) serviu para me focar!!! Agradecida até hoje, sou aos três.

De lá prá cá, foram centenas, mais de mil talvez, entre anônimos e famosos muitas se tornaram referência, mas para não me estender vou citar as melhores de uma vez!

Francisco Brennand em Recife, ele avesso a dar entrevistas, doou-me 3, 4 horas do seu tempo... e a Olaria, os jardins de Burle Marx, o anfiteatro, telas, foi me mostrar... virou especial pra mim, e um ESPECIAL no ar!

Luciana com Zélia Gattai - Rio Vermelho em Salvador, 99.

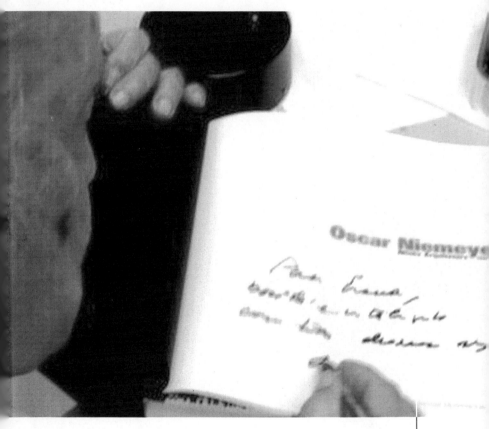
Oscar Niemeyer e sua carinhosa dedicatória.

Dona Zélia Gattai, minha amada e escolhida madrinha, abriu sua casa, sua alma e me recebeu ainda menina, como uma rainha, cheia de pompa para eu poder entrevistar, de cara foi dizendo que adorava meu trabalho na televisão, e que ela e Jorge não perdiam um dia da programação. (se referindo ao 7+7).

Foram muitas entrevistas até que meu irmão e a nossa produção, armaram uma surpresa... no dia do meu aniversário, Dona Zélia tornou-se por um dia a apresentadora de uma grande festa no ar na televisão!

Como poderia deixar de lembrar... Oscar Niemeyer, a princípio também só nos cederia 10 minutos de tempo, que viraram duas horas inteiras, onde ele gentilmente fez chamada para o programa, me deu uma abração, contou piada e potoca, planos futuros aquela altura, e confidenciou histórias de Brasília da sua construção.

Recebi de presente um livro e uma dedicatória que guardo na memória e aqui divido... (quando a moral "tá" baixando, leio e sorrio, a vida melhora) até o ego desinflar... acalma o coração.

J. Borges, xilogravurista e cordelista formidável que mora em Bezerros-Pernambuco, onde construiu seu próprio Memorial ainda vivo, e nos foi indicado por Ariano Suassuna, adorei conhecer, ouvir, ver e passei a admirar... com trabalho nas artes sustentou a família, ensinou o ofício aos filhos e continua sorridente por lá.

Mestre Cícero, filho de Mestre Vitalino que mudou a vida do seu lugar... graças a sua alma de artista, na música e com o massapê a dar formas e inventar arte que brota do Alto do Moura, em Caruaru para no mundo inteiro brilhar!!!

Mestre Damasceno, Dona Sebastiana, Dona Rosa toda prosa, Monica nossa Madame Guerreira, toda faceira... Mestre Calá...

Foram tantas entrevistas bacanas, que me sinto feliz só em lembrar!

Estações

De repente parece que tudo pode mudar,

mais um dia e toda aquela esperança vai voltar,

o amor certamente esse ano vai chegar,

a roupa caber,

o sonho vai se realizar,

basta o dia raiar,

a sua música vai tocar,

aquele telefonema ele(a)vai dar,

seu coração você vai poder entregar,

as férias vão finalmente começar,

o seu ex vai... casar ?

O carinho vai sempre estar,

mil presentes ganhar,

o irmão abraçar,

a doença acabar,

o sorriso lançar,

e a alegria vai aqui estar...

Nada como um dia inteiro pra sonhar com tudo aquilo que desejar...

Nada como uma noite inteira para transformar e realizar,

Nada como essa passagem para deixar mais belos os horizontes, e poder esperar... o melhor, porque com certeza esse será o mais lindo ano que aqui... se viverá!

Mais memórias...

Luciana e Yarinha no adro da Igreja do Bomfim.

Luciana ainda em recuperação e já gravando.

Luciana e Dona Canô, em Santo Amaro da Purificação.

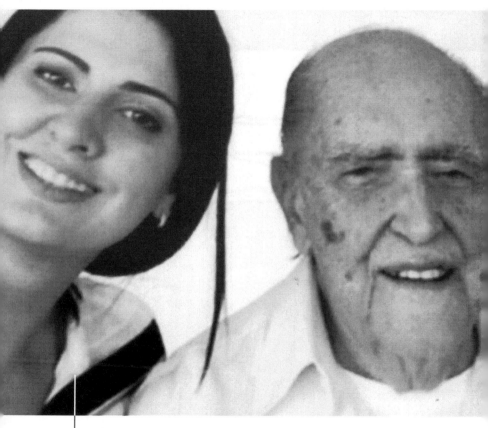

Luciana com Oscar Niemeyer.

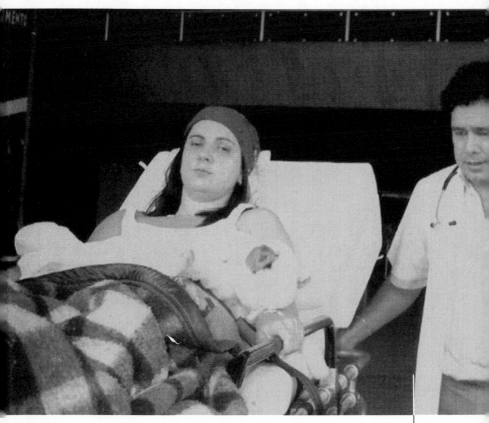

Luciana ainda durante o processo de internação.

Luciana com a amiga Bia.

Luciana com Luciano Huck.

Luciana entrevista Ciro Gomes.

Luciana e Renata Ceribelli

Luciana durante gravações do canal 21.

Mestre Damasceno

Luciana e Zé Padilha.

Luciana e Rubens Evald Filho

Luciana e a sua promessa na Igreja do Bomfim.

Luciana em Tiradentes durante recuperação.

Luciana com Francisco Brennand na Olaria em PE.

Luciana com D. João Henrique de Orleans e Bragança

Luciana e o violão.

www.lulupensante.blogspot.com
lucianadiask@gmail.com
(41) 9801 9962